Zé do Cangaço

Um Cangaceiro na Umbanda

Joice Piacente

Zé do Cangaço
Um Cangaceiro na Umbanda

MADRAS

© 2020, Madras Editora Ltda.

Editor:
Wagner Veneziani Costa (*in memoriam*)

Produção e Capa:
Equipe Técnica Madras

Revisão:
Arlete Genari
Silvia Massimini Felix

Dados Internacionais de Catalogação na Publicação
(CIP)(Câmara Brasileira do Livro, SP, Brasil)

Piacente, Joice
  Zé do Cangaço: um cangaceiro na Umbanda/Joice Piacente. – 1. ed. – São Paulo: Madras, 2020.

  ISBN 978-65-5620-002-6

  1. Ficção brasileira 2. Ficção umbandista
  3. Umbanda (Culto) I. Título.

20-34913   CDD-299.672

  Índices para catálogo sistemático:
  1. Umbanda: Romance mediúnico   299.672
  Maria Alice Ferreira – Bibliotecária – CRB-8/7964

É proibida a reprodução total ou parcial desta obra, de qualquer forma ou por qualquer meio eletrônico, mecânico, inclusive por meio de processos xerográficos, incluindo ainda o uso da internet, sem a permissão expressa da Madras Editora, na pessoa de seu editor (Lei nº 9.610, de 19/2/1998).

Todos os direitos desta edição reservados pela

MADRAS EDITORA LTDA.
Rua Paulo Gonçalves, 88 – Santana
CEP: 02403-020 – São Paulo/SP
Caixa Postal: 12183 – CEP: 02013-970
Tel.: (11) 2281-5555 – (11) 98128-7754
www.madras.com.br

Agradeço a Oxalá as bênçãos recebidas pela oportunidade de poder escrever, com o amparo espiritual de Pai Joaquim de Angola, a história de um espírito em evolução que se dedica à caridade e ao aprendizado, contando-nos um pouco sobre sua jornada evolutiva.

Agradeço a minha mãe e ao meu pai (in memoriam) por tudo o que me ensinaram a ser, com amor e dedicação.

Indice

Índice

Breve Introdução 9

Capítulo I
Vida no Cangaço 17

Capítulo II
Novo Destino 25

Capítulo III
Passagem na Escuridão 43

Capítulo IV
Prosa com Seu Zé do Laço 65

Capítulo V
Virada na Prosa 77

Capítulo VI
Andança 85

Capítulo VII
    Pensamento e Lembrança 95

Capítulo VIII
    Rumo ao Novo Caminhar Misturado com Lembrança... 109

Capítulo IX
    Doce Acalento 141

Breve Introdução

Zé do Cangaço

Estava eu sentado à beira de um rio esperando o tempo passar

A olhar o movimento das ondas na água e pedrinhas a jogar.

Cansado e desiludido da vida

Esperando meu amor chegar

De uma batalha que não quis participar.

Corpo sofrido, alma doída

Corrompido pela ilusão de um povo ajudar

Perdido na ganância de conquistar

Arrebatamento do meu penar

Depois da ilusão, acordar.

Muitas almas abatidas

No inferno a caminhar

Pelo meu punhal a sacar.

Fico pensando o que será da minha alma quando daqui se for.

Meu corpo sofrido e marcado de tanto rancor

E o meu amor que tanto estou a esperar...

E nada de chegar.

Passa dia, passa noite e eu aqui a esperar.

Vejo o Sol, vejo a Lua.

Vejo as estrelas a brilhar.

Um pensamento a me castigar...

Onde há de estar?

Murmúrios de que já não sou mais o mesmo e minha honra a cuidar...

Pensam que sou aço

Não desfaço o sofrer de quem se faça por merecer.

Sou cabra-macho a perecer

Ao meu grande sofrer.

E o meu amor...

Nada de aparecer.

Vieram ao meu alcance e mais uma batalha a vencer.

Desgrenhado eu estava

Desiludido de viver

Mas, por batalha a vencer...

Deixo o perecer

E me ponho a correr.

Correr pra valentia,

Ter a garantia de vencer

E batalhas nunca perder.

Sou cabra-macho dado à poesia

Diante de tanta covardia.

Repentista sou no meu sertão

Diante de um cabra dado a valentão

Que explora o peão em troca de seu pão.

Meu punhal enfio sem dó

E ainda faço gozação do cabra que mijou sem fazer sermão

Se dizendo coitadinho

Só querendo um bocadinho do quinhão.

Cerimônia faço não

Pra ajudar um irmão,

Mas se trair meu coração

Não tem perdão

Sete palmos abaixo no chão.

 Como estava dizendo, desgrenhado eu estava, mas num pulo dou um salto e volto a ser cangaceiro do meu sertão.

 Coloco meu gibão, chapéu de couro, carabina em punho, punhal no cinturão.

Cabra que é macho não anda de facão,

Anda de punhal pra olhar nos olhos de quem vai dessa pra melhor ao espetar seu coração.

Quando junto minha tropa, até poeira abaixa no chão.

Bicho fica escondido, marido no rabicho

Dizendo: mulher, deixa disso e vai ver o que é isto.

Este então, não tem perdão!

Fico com a dona e o abandono pelo chão.

E o meu amor então...

Diz vem cá, meu valentão!

Mas, onde andará ela então?

Movo o céu, movo o inferno

Só pra ter mais chamego e um aconchego

No lar que não tenho.

Quando chego e deito pelo chão esperando aquela mão...

Dizem por aí, os que abusam do meu povo,

Que não tenho coração.

Esse engano também não tem perdão.

Luto pelo meu povo do meu sertão,

Sertão da Bahia, terra de muito chão,

Chão que dá e tira a vida por não ter molhação.

Pro meu povo sofrido chorar de emoção

De ver sua plantação e seu gado sofrido na engordação.

Sou amado, sou odiado,
Mas não me importo não.
Só eu sei o que vai em meu coração.
Mas, onde andará ela então?
Por cabra safado se enrabichou dizendo que tinha muito tostão.
Que ia embora do sertão
Pra viver na ilusão
De um amor canastrão.
Sou bom de coração e amor eu tenho sim.
Por ela faço tudo e até saio do meu sertão.
Deixo meu cangaço sem nenhum tostão
Pra levar vida de pobretão,
Mas sem meu amor fico não.
De esnobe fui esnobado.
Punhal entrou em ação!
Com cabra safado,
Dono de tostão,
Meu amor fica não.
Meu bando de acordo, entrou em ação
A coitada pediu perdão
Mas corno fico não!
Meu punhal ficou com sangue

De um amor sem perdão.
Meu coração ficou manchado de tanta desilusão.
Fugi do meu sertão!
Dizem por aí que morri na batalha como valentão,
Mas a verdade é que morri de solidão.
A solidão não tem fim.
E o amor, então?!
Sou de prosa, sou proseador
Paradeiro tenho não.
Esta breve introdução
De quem sou então!
Minha vida no cangaço do sertão
Por amor à minha nação
Fui de luta e solidão.
Boiadeiro em sua vaquejada
Presta atenção
Se precisar ponho a mão
Pra não deixar um irmão
Perder o seu pão.
Boiadeiro tem vida sofrida e de solidão
Igual a mim
Cangaceiro sem chão.
Respeito o boiadeiro

Respeito a boiada
São todos meus camaradas.
Respeito não o espertalhão!
Quem quer levar vantagem em cima do irmão.
Passei minha vida desde jovem em meio a cangaceiros do sertão
Tornei-me um, então!
Saudade tenho não!
Pois tô aqui na mesma função.
Ajudo o irmão
A encontrar seu cinturão
Pra pôr os pés no chão
E caminhar neste mundão.
Por ora vou parar com meu repente e a introdução
Vou abrir meu coração
Com muita emoção
Mostrar qual é a situação.
Sei que posso não
Contar minha história sem uma viola, então!
Vou é falar com o coração.

Capítulo I

Vida no Cangaço

Minha vida no cangaço foi muito sofrida e de provações, pois praticava o bem ajudando os desvalidos e lhes entregando o pão, pão que lhes era tirado por coronéis sertanistas de posses e gananciosos por terra e dinheiro sem lei na atuação, que não perdiam oportunidades através de mandos e desmandos em seus "capitães", para que recebessem o pagamento de impostos determinados por eles mesmos diante de suas falsas necessidades e impondo fidelidade. Capitães estes que não titubeavam em recolher a produção de lavouras que mal produziam, por causa da seca, e também galinhas, vacas e tudo o que podiam, deixando o sertanista na miséria maior do que a miséria em que já viviam.

Coitado daquele que se recusava ou dizia não ter colheita ou tostão para o pagamento do tal imposto, pois tinha sua família violentada e ameaçada.

Eu, por minha vez, lutava contra isso com meu bando. Sendo eu o líder, não perdoava um capitão e muito menos um coronel; fazia justiça com minhas próprias mãos e devolvia grande parte do que tinha sido levado. Uma parte ficava para o sustento, com fartura, de meu bando.

Os pobres sertanistas da minha caatinga querida me tinham como deus e como o diabo, como o cabra que não perdoava nem a própria sombra.

Era temido e respeitado. Sempre respondia ao chamado de ajuda e, às vezes, nem era chamado, mas estava lá quando me chegava a informação de que iria acontecer uma visita de um coronel ou capitão.

Cada confrontamento era sangrento e sempre havia perda de alguém do bando ou da parte do coronel. Geralmente a perda era de um cabra iniciante metido a filhote de cangaceiro sendo afoito e imprudente, mas se achando homem e justiceiro, ou de um capitão afoito se achando valentão, querendo ser o dono da situação, e aí, coitado dele, então.

Somente os mais antigos do bando entendiam o real motivo de nossa existência e função. Os mais jovens encaravam como apenas uma batalha de poder e riqueza que os deixava excitados, e essa excitação fazia com que perdessem a cabeça, às vezes até tentando se tornar o líder do bando, o que nunca acontecia, pois minha astúcia e valentia não permitiam. Alguns eu até botava pra correr pra bem longe, longe mesmo, porque se ficassem por perto seria perigoso para o condenado, que se borrava todo, e para o bando. Só não tirava a vida, na maioria das vezes, porque o cagaço deles não permitia a traição e sabia quem era eu então, mas se fosse vacilão...

Nossa vida era eterno perigo, vivíamos nos escondendo com ajuda dos coiteros, mas com muitos festejos, muita fartura de carne de boi e de cachaça. Só permanecia no bando quem tinha o cangaço no sangue e lealdade à nossa causa.

Como líder, eu não era adepto a novos camaradas, mas a necessidade nos obrigava a arrebanhar novos cabras para o bando, o que era feito com muito esmero.

Por onde passávamos éramos tidos como arruaceiros, mulherengos e temidos por nossa violência. Nossa fama percorreu todo o Nordeste de minha pátria amada, Brasil, e por outras bandas se perpetuando, porém mal compreendidos.

Quando digo mal compreendidos, é porque a causa era nobre, só não era nobre a forma como lidávamos com a causa.

Certo dia, no sertão da Bahia, em uma cidadezinha perdida no mapa, onde havia um tal metido a coronel só porque tinha um pedaço de chão, que se dizia ser Sebastião, afoito e mandão querendo tomar posse do que não era dele; então, querendo abocanhar mais um chão, estava causando maior destruição.

A notícia correu igual ventania e chegou até mim, Silveirinha, porque o povo me conhecia, e como ventania chegamos na correria.

Com armas em punho tomamos posição e, com estratégia, entramos em ação. Tempo corrido de batalha e nada de ver Sebastião. Escondido estava, escondido ficou, mas não por tanto tempo assim. Uma dona enrabichada de minha beleza, na sorrateira ação e de coragem destemida, veio até mim fuxicando o esconderijo. Prometi um chamego e entrei em ação.

O tal do metido a coronel Sebastião ficou sem ação e pediu perdão, vendo que não tinha remédio pra situação. Tomei a palavra e lhe disse que eu dava o perdão, mas o povo sofrido, não! Então... Tinha de dar cabo da situação enterrando o nobre cidadão.

O povo com toda alegria pagou nosso quinhão nos fartando de pão e ganhou nossa proteção.

Como tudo se vai um dia, a fartura também ia, e a alegria só vinha quando acontecia outra rinha.

Outro dia, afiando a bainha, ouvia a canção de uma tropa a passar, boiadeiros em ação tocando o gado a cantar.

Sou boiadeiro

Boiadeiro eu sou

Não perco um boi

Minha boiada na estrada

É bem vigiada

E na minha solidão

Encontro a beleza na estrela a brilhar

Passa boi, passa boiada

E o meu gado a tocar

Minha laçada, lanço pelo ar.

Pra um boi agarrar

Passa boi, passa boiada

Pro seu dono entregar.

Distraído pela canção, vendo a boiada passar, mas sem perder a atenção, vejo um cabra sorrateiro a tanger um boi no desvio da estrada sem que boiadeiro em sua boiada se tocasse do perigo.

Monto a galope e saio em disparada prendendo o cabra assustando boiadeiro, pensando ele ser eu o larápio de sua boiada. O cabra querendo ser esperto, confirmando a situação, boiadeiro arredio fica confuso, então.

– Meu camarada, se quisesse, pegava toda a boiada! Sou eu, Silveirinha, o protetor da boiada.

– Seu Silveirinha, desculpe minha ignorância, dê fim no cabra safado que lhe dou um boi da boiada. Digo pro meu patrão que o boi fugiu do sertão em busca de água e de outro chão, pois sumiu de minha visão e se perdeu neste mundão.

– Seu boi vai dar festança e você e a boiada são convidados de honra. Respeito boiadeiro em sua andança e valentia. É cabra-macho com segurança.

Na festança, um boi foi pouco pra tanta comilança, porque sabendo da festança apareceram meus irmãos de confiança do cangaço do sertão e nossos bandos se juntaram, então, pra comilança e dança do arrasta-pé, pança com pança, coxa com coxa até o amanhecer. Nem bicho passava por perto, muito menos alma penada com medo de vingança e confronto sem parada.

Terminada a festança, boiadeiro e sua boiada foram levados em segurança ao seu destino sem fiança.

Eta raça forte, raça sofrida!

Faça sol, faça chuva,

Seu tanger de uma boiada não tem parada

Nem pelo amor de uma amada.

Se eu não fosse cangaceiro,

Boiadeiro seria, então!

Tangendo a boiada de dia e a noite cantoria.

Era destemido e coragem não me faltava, andava pelo sertão com determinação em tempos difíceis pra toda a população.

A miséria corria solta, miséria de pão e do espírito, em que vencia a lei do mais forte, onde a lei do papel só tinha serventia para os mais fracos em sua punição.

Lembro-me de um causo num dia de muita trovejada sem chuvarada, coisa tão esperada no sertão e quando chegava, então... A festança corria pelo sertão. Nesse dia, sem afazer de uma batalha, resolvi galopar pelas estradas, pois não tinha parada.

No meu galope em disparada, com o vento a roçar meu rosto sujo pela poeira, dei de cara com uns cabras da lei ao alcance de uns camaradas. Dei uma de cabra esperto assustado com a parada sem ser reconhecido pelos cabras na tocaia, que foram perguntando:

– Quem é você, meu senhor, nesse disparo a galopar? Salta daqui que a batalha vai começar.

Capitão da polícia, coiteiro que levava vantagem no secreto do sertão, disfarçou a situação, pois o cabra me reconheceu e quis levar a sua vantagem; então, e pra não levantar a questão, disse: vai embora, meu irmão.

Achei estranha a situação, mas como sou espertalhão, percebendo qual a situação, fingi ser um cidadão e procurei refúgio, então.

Fiquei de tocaia só na observação e o camarada resolveu a situação. Espantou os cangaceiros em ação, mas liquidou os irmãos, saindo o único da situação.

Da tocaia eu saí e fui em sua direção de punhal na mão, pronto pra atuação.

– Diga aí, meu irmão?

– Você deu cabo na enfrentação, tá querendo virar cangaceiro, ou ganhar minha confiança pra ter o seu quinhão, então?

– Sei quem é você e, por sorte da situação, quis mostrar quem sou eu em ação! Quero entrar pro seu bando e peço a permissão. Sou valente em ação e medo tenho não.

– Olha lá, meu camarada, onde é que vai entrar?

– Covarde eu não aceito e pendenga quero não.

– Tô cansado desta vida sem ação e emoção. Família tenho não, nem amor no coração.

– Diga mais, então!

– Já lutei muito ao lado dos falsos bons e não vi resolução... Nada muda, não!

– Que prova de confiança me dá, então?

– A prova, já te dei nesta ação!

– Sei não!

– Recolhe as armas dos cabras e vamos resolver esta situação, quero ver você em ação!

Voltamos a galope ao esconderijo onde o bando estava impaciente e afoito na espera do momento de nova batalha, pois cangaceiro sem uma rinha não vê serventia no tempo que passa à toa.

Os camaradas, ao ver o homem fardado, se colocaram em posição e eu só observei a situação pra ver se era moleirão.

Sem perder a pose, disse que eu era o novo soldado em ação pra ajudar no cangaço de seu querido sertão.

Olharam pra mim sem entender a situação, mas apontando as armas em sua direção. Levantei a mão e disse, então:

– Não se avexem não, vamos ver se é valentão! O bando está precisando de grão e cachaça na mão, vamos saquear a fazenda do Quirino que delatou o bando do Severino, que caiu na armadilha do policial valentão. O cabra é bom de prosa e quer percorrer o sertão com chapéu de couro e gibão.

O saque foi certeiro e garantiu grão pro ano inteiro, mas o policial não viveu o dia inteiro, muito afoito, não foi certeiro.

É! Vida de cangaceiro não é longa pra quem quer ver o rebuliço sem saber o que é isso!

Capítulo II

Novo Destino

Corpo doído, alma sofrida!

O que será de mim, então?

Quando minha vida não mais tiver solução?

Sou de prosa, sou proseador,

E a solidão?

O que faço com ela, então?

Passo tempo filosofando sem achar solução!

O que vai ser de mim, então?

Sem amor, sem parada neste sertão.

A solidão corrói a alma e o corpo paga, então!

Que desilusão!

Pra não ser frouxo,

Me fingi de morto

Na batalha derradeira, então.

Cangaceiro é fiel à causa,

Mas não tem solidariedade não.

Fui tido como perdedor

Diante de um amor

Que só me causou dor

Por causa do tostão

Nem a valentia serviu, então.

Fugi do meu sertão

Pra morrer à beira de um ribeirão

Junto com a solidão.

Solidão!

Doce ilusão!

Me vi em volta de uma terrível situação!

Estava cercado por assombrações, querendo vingança e o seu quinhão. Descobri a duras penas o que acontece com a alma quando o corpo se vai, então. O que me salvou foi a fé no meu Senhor, dando o acalento em meu pesar na certeza de a vida continuar e minha vida melhorar.

Que vida é esta, meu Senhor?

Tenho que continuar no cangaço pra ser meu salvador!

A luta foi com bravura,

Mas sem a soberbia

E sim sabedoria.

Fui merecedor de vingança

Mas a fé me livrou da fissura

De uma vingança com dor.

Agora vou deixar de ser poeta pra contar uma história como esta...

Eu, agora, sou conhecido como Zé do Cangaço e sou novo quando se diz Umbanda... Umbanda que me aceitou por ser sabedor de como entrar e sair com bravura e sem temor nas sombras que insistem e persistem em existir neste mundo de meu Deus. Sombras estas que existem por causa da maldade de atitudes e pensamentos dos homens perdidos em suas vaidades e conquistas fáceis, aproveitando situações para levar vantagens, por causa da cobiça desmedida, da avareza e da pobreza, da dificuldade que se tem em estender as mãos para ajudar um irmão, por falar mal com comentários jocosos e frustrados.

– Meu irmão, tira o pé do chão e vai tentar fazer melhor, então!

A humanidade carece de humanidade, carece de espiritualidade individual e coletiva, isto é, a busca por conhecimento e entendimento de que não existe apenas o que os olhos veem, mas sim o que a alma sente e sabe que existe, e vivencia quando dá suas escapadas no descanso do corpo doído e corrompido para vivenciar suas necessidades.

A humanidade carece de perceber as sensações da alma pra poder ter o entendimento dos desígnios de meu Deus, de nosso Deus, aquele que o criou, que nos criou, que criou a natureza e todos os seres existentes nela e permitiu que você viesse pra este mundo na matéria para evoluir, mas parece mais involução do que evolução.

A evolução do mundo virtual empobrece a alma, isso não quer dizer que sou contra a tal da evolução, mas o que nunca se pode deixar no esquecimento é que o homem foi feito pra viver e conviver com o homem e evoluir.

Essa tal evolução virtual faz com que o homem esqueça de sua própria existência, de suas necessidades e da sua família. Urge se aprender a conviver e a evoluir humanamente, falando muito mais do que a virtualidade pra que este mundo de meu Deus tenha jeito.

Está achando estranho, né? Cangaceiro falando assim? É que sou dado a filósofo metido a besta também, mas não sou contra a evolução virtual, só fico triste com a falta de prosa real dos irmãos, olho no olho, e meu propósito é tentar falar um pouquinho pra melhorar um bocadinho, sem pretensão, a vida de meus irmãos, e mostrar minha parcela de contribuição juntamente com meus camaradas, Mestres, Boiadeiros e Baianos de qual é, um pouquinho, nossa função na Umbanda. Tá certo que nem tudo pode se falar não, mas com a permissão, darei meu quinhão.

Antes de falar da escuridão e de qual é minha função, vou falar quem sou eu, então.

Nasci no sertão da Bahia no ano de 1892. Minha família, pra época, até que era bem abastada. Fiz o letramento e sempre fui dado à leitura e com uma busca constante dentro de mim que me deixava inquieto e inconstante sem encontrar a felicidade errante.

Nunca me sentia satisfeito com nada e vivia dando tristeza aos meus pais, que faziam o que podiam para mim e minhas três irmãs, sendo eu o único cabra-macho da família cobrado a dar o exemplo sem sucesso, pois vivia arranjando encrenca pelos arredores e apanhava constantemente de vara. Não ficava com raiva não, era merecido, mas não adiantava também, continuava igualzinho.

Vivia fugindo, me engraçando e me enfiando no meio de cangaceiros que existiam no sertão. Não perdia uma oportunidade quando corria a notícia da aproximação de algum bando.

Eu era serelepe, engraçado e muito determinado e os conquistava rapidinho, pois com criança não mexiam não, só mexiam quando tinha uma situação.

Acabei deixando a família e me tornando cangaceiro, então, por opção e certo da boa causa e ação.

Minha vida foi curta, apenas 29 anos de existência com bravura e determinação. O que acabou comigo foi a solidão e o mau-trato de meu corpo nas batalhas.

Arrependo não! Serviu-me de sabedoria pra fazer o que faço agora com a permissão. Arrependo não da determinação que aprendi a ter, não desisto nunca até conseguir. Arrependo sim das vidas que tirei, mas algumas já encaminhei e outras ainda o farei, sempre com a permissão e ajuda de meus camaradas, se assim for pro meu Senhor.

Se avexe não! Vou e volto na falação!

Fiquei um período um tanto curto na escuridão, minha fé no Meu Senhor me abençoou e fui conhecedor de novas amizades que foram mostrando um novo caminho com sabedoria e determinação para me dar a fatia de meu quinhão.

Boiadeiro que já tinha ajudado veio ao meu alcance me mostrando a nova situação e dando nova direção, dizendo que continuava boiadeiro com nova função, a de laçar os irmãos e no desmancho de feitiço e amarração e na limpeza de qualquer situação, levando-os à nova condição.

Achei interessante e fui ao alcance de mais informação, sempre com a permissão.

Tinha permissão porque tinha disposição de mudar a situação.Acompanhei Boiadeiro Zé do Laço em suas laçadas, sempre destemido e decidido, se embrenhando em qualquer ponto de ação pra levar a salvação.

Lembro-me de uma situação em que, depois de muita informação e de permissão, fomos levar a salvação a um cidadão que se meteu na escuridão por ganância e subtração.

O cabra queria o dinheiro que não lhe pertencia e isso o adoecia. Adoecia a alma e o escurecia.

Quando digo que o escurecia é porque não sentia mais a vontade de viver, sem o que não lhe pertencia, e só maldizia atraindo para si o que não devia pela afinidade de avareza e de grandeza.

Sua alma não percebia que quanto mais maldizia, mais escurecia, e a mandinga, como dizem, virou contra o feiticeiro. Pois é! O cabra foi a um dito voduzeiro que lhe pediu dinheiro prometendo o mundo inteiro, mexendo com o que não devia do submundo astral, virando um lamaceiro.

Só a força de Boiadeiro, que não mede esforço nem tem medo de escuro, vira o mundo inteiro pra desmanchar o nó do feiticeiro e dá clareamento à alma escurecida. O problema é que quando a alma está adoecida, não sente o remédio que foi oferecido.

E como é que se tira a doença da alma? A fé no meu Senhor, no seu Senhor! A fé, como já dizia Oxalá, remove montanhas!

Foi na fé que cheguei onde estou e é na fé que vou caminhando pra alcançar mais um bocadinho de luz hoje e sempre.

Mas, olhe só

Fé sem ação não adianta não!

Ficar esperando

Não acontece não!

Faz igual Boiadeiro em ação

Levanta a poeira

Tira o pé do chão!

Voltando ao cidadão que, pra livrar da situação, primeiro tivemos de fazer amarração dos irmãos da escuridão que também queriam seu quinhão pra tirar proveito da situação.

Depois de muita conversação e encaminhamento pra outra situação na qual iam encontrar elevação e mudar a peregrinação, o cabra safado se meteu em outra confusão, só que esta não tinha perdão diante da crueldade da ação. Tinha de pagar seu quinhão pra entender que tudo é evolução e mudança de direção de pensamento e agitação.

Em certas situações, a intenção e atuação não justificam o meio.

Fui destemido na lição e fui ter com mais irmãos e conhecer Baianos na atuação.

Baiano na Umbanda é cabra arretado em sua andança por este mundão, não rejeita trabalho e vai atrás da resolução, se o cabra merece a situação. Não tem medo do enfrentamento, move céu e move terra sem fazer alarde na atuação. É bom de prosa e brincalhão, mas não mexe com ele não, é igual a Cangaceiro e Boiadeiro, não gosta de traição e, se precisar, larga de mão quando não se tem boa intenção e não resolve na conversação.

Chega fazendo festa e levantando a poeira que impregna o terreiro pra dar bom andamento no atendimento do povo, que chega sedento de ajuda e acalento.

Quando levanta poeira em sua dança, limpa o terreiro da energia negativa ajudando os que estão lá pedindo uma mão ou só na perturbação por causa da baixa vibração e angústia no coração, tanto dos irmãos que cá estão como dos que aí estão.

Baiano é povo arretado na Umbanda, não faz corpo mole, pega o seu axé na batida de coco, no feijão-fradinho, na carne de sol, na farofa, e não pode faltar a água de coco, e aí vira uma festança, só quando é pra ter festança.

Baiano, quando está na lida, não perde a confiança de quem a depositou. Quebra o coco, desmancha o feitiço na fumaça da pólvora que arrebata e dissolve tudo o que está negativo liberando o amigo pra um novo caminhar.

Lembro-me de uma visita a um terreiro, quando estava no letramento pra ser Cangaceiro na Umbanda, que naquela noite era de trabalho dos meus camaradas Baianos e Baianas com suas saias rendadas.

Baiana baixa no terreiro com formosura sem igual, dançando e cantando, balançando sua saia, encantando o pessoal.

Baiano chega no balanço de um arrasta-pé sem igual que contagia o local.

Depois da dança e limpeza do local, é quando Baiano dança, mas não dança só por dançar, ele vai dispersando o que há de mal e depois começa a falação sem igual.

Chega o povo confiado e povo desconfiado pra uma prosa e resolução.

Chegou uma dona sem qualquer animação dizendo estar morrendo e que aguentava mais não, pedindo que dessem solução, pois lhe doía tudo, sem animação até pra tirar o pé do chão. Se não fosse forçada, viria não. Veio amarrada e sem acreditar que fosse possível melhorar a situação. Disse que não tinha fé e que não acreditava na existência do Senhor meu Deus. Quase fui dar cabo da situação, mas fui segurado por Zé do Laço, que foi dizendo:

– Se avexe não! Espera que vai ver a solução. Observe a situação.

Quem atendeu a dona foi Zé do Coco, que foi logo falando sem rodeio pra dona em aflição.

– Quer dizer que a dona não acredita em Oxalá, Olorum ou como quer que a senhora o chame?

– Não acredito, creio apenas no que faço e no que meus olhos veem.

– A senhora enxerga bem?

– Por que está perguntando isso? Enxergo sim!

– Só tô estudando a situação pra poder lhe ajudar. A senhora dorme bem ou tem pesadelos?

– Me trouxeram aqui pra buscar uma ajuda e não pra contar a minha vida.

– A dona é muito arredia, tô tentando conversar pra acalmar e depois ir direto ao ponto, mas já que não quer, pode ir embora agora ou ficar e aguentar firme o que vai ouvir. Digo-lhe que não devia sair sem ao menos escutar, mas vou já avisando que vai lhe causar um rebuliço só e vai ter de pensar no que vive fugindo, que é o seu pensar e sentir. Vai querer ouvir?

Sua amiga que estava ao seu lado lhe deu um cutucão, dizendo que se não ficasse para ouvir, ela também não ouviria mais suas lamentações, pois ela não fazia nada pra melhorar.

Muito a contragosto, a dona disse que ficaria, mas que não sabia se acreditaria no que ia ouvir, dando total descrédito ao Seu Zé do Coco e à Umbanda.

Eu, por minha vez, estava numa fissura só, já tinha compreendido qual era a situação e que, se a dona não ouvisse, ia acabar num sanatório pra doidos da cabeça.

Seu Zé do Coco, com muita paciência, continuou...

– Vou fazer a mesma pergunta, a senhora enxerga bem?

– De novo essa pergunta? Enxergo sim!

– Eu sei que a senhora enxerga bem e enxerga mais que todo mundo aqui, mas só não aceita que tá enxergando, achando que tá ficando doida e que é caraminhola de sua cabeça. Tô certo?

A mulher olhou Zé do Coco como se o fuzilasse.

Ele falou novamente:

– Tô certo?

A amiga da mulher a olhou com espanto.

– O que você está dizendo é que enxergo mais que os outros e não fantasia da minha cabeça. Não!!! Isso não é real!

– Eu estou falando com você e você está me vendo, está dizendo que não sou real?

– Não, não é!

– Estou falando com você por meio de uma médium, uma mulher, e você está enxergando um homem. Você acha que está louca?

– Eu não quero enxergar!!! Eu não sou louca!

– Você não é louca, e sim uma médium clarividente.

– O que é isto? Médium clarividente?

– Você vê espíritos e tem de trabalhar sua mediunidade, ler bons livros pra entender melhor o que se passa com você.

– Eu não quero!

– Lamento dizer, mas na situação em que você se encontra, não tem querer, ou você aceita e começa a trabalhar na caridade com sua clarividência abençoada ou vai acabar parando num hospital pra loucos, se entupindo de remédios e sendo tratada por médicos que desconhecem a espiritualidade, só acreditando no concreto, ficando constantemente dopada, alheia aos que estão ao seu redor, mas não alheia ao mundo espiritual, que é seu carma e dever ajudá-los em suas necessidades quando aparecem pra você, o que acontece constantemente, não é mesmo?

– Eu não quero isso pra mim!

– Se decidir que quer se melhorar, aprender e burilar sua mediunidade, eu estou aqui pra lhe ajudar e todos aqui também; caso contrário, ficará à sua própria sorte, pois estará rejeitando um acordo que fez antes mesmo de botar a cara no mundo, ou seja, antes de nascer. Se pelo menos tivesse fé, tudo ficaria melhor. Você atrairia pra si espíritos pra lhe ajudar e orientar, mas com a raiva que sente e sem fé... Coisa boa é que não vai ser.

– Está me jogando praga?

– Não, só estou falando a verdade; se quiser, procure outro terreiro ou um centro kardecista, irão lhe dizer a mesma coisa. Vou fazer mais uma pergunta. Às vezes vê coisas e depois elas acontecem?

– É verdade e sofro muito com isso.

– Sofrer pra quê? Aprenda a lidar com isso. Agora chega, tenho outras pessoas pra atender. Pense no que te falei e ficaria muito contente em vê-la novamente aqui.

Perguntei ao Zé do Laço:

– A dona vai embora sem a salvação?

– Você ouviu a prosa, ela não quer.

– Oxente! Como assim, meu camarada?

– Não se avexe! Você vai ver que a prosa aqui acabou, mas no espiritual não. Vou pedir permissão pra podermos ir juntos na próxima prosa com a dona.

Fiquei sem entender a solução, mas, como era novo, esperei pra ver qual era a resolução.

Quando terminou a lida, foi feito o balanço do trabalho da noite; fiquei arretado com quantos cabras tinham pra serem encaminhados pra melhora e entendimento, se existir o querer.

Para aquela dona o tratamento seria diferente, Seu Zé do Coco ia ter com ela no adormecer de seu corpo pra mostrar a necessidade de aceitação e melhora, pra não ficar louca, então.

Fiquei intrigado e fui buscar o saber pra poder filosofar na situação.

Seu Zé do Coco disse que o destino era ficar louca em um hospital, mas por que a situação?

É triste, meu amigo, a realidade da situação! Fui com Zé do Laço visitar um hospício e fiquei avexado com o que vi, então.

Meu Deus!

Quanta tristeza, então!

Cabra rolando pelo chão

Dizendo que não queria não

Larga de mim, então.

Cabra vivendo

No mundo da ilusão

Correndo

Sofrendo

Sem ter o devido

Auxílio, então.

Dopado pela ignorância

Sem ser ouvido

No sofrimento da escuridão

É de doer o coração!

Os doutores, os capas brancas, precisam saber que existem mundos paralelos gritando pra ser conhecidos e ouvidos, evitando assim tantos ditos como esquizofrênicos, epiléticos, doidos varridos, lelés da cuca, e por aí vai...

Não tô dizendo que tudo é por causa do espiritual, ah isso não, mas é que quando atinge a matéria, fica muito mais difícil.

Pra tratar uma pessoa doente tem de ser tratada a alma também. É na alma que começa a doença. E como começa a doença?

A doença começa com ressentimento, mágoa, frustração, inveja, ódio, medo de ir em busca do que se deseja, no fugir da realidade, e assim vai... Por todo e qualquer mau-sentir que vai acumulando dentro da alma, ferindo e refletindo a matéria.

O que acalmou meu coração foi saber que a situação tem tudo pra mudar, então.

Os doutores da situação estão percebendo que não é só isso que existe, já tem até preparação pra cuidar da alma, e estão dando mais atenção aos irmãos nessa situação.

Voltando à dona... Tivemos a permissão de acompanhar a prosa sem abrir a boca pra ver como ia ficar a situação.

No escurecer do dia,

A noite já caía com muita chuva neste mundão.

Que chuva abençoada, então!

Nunca vi igual no meu sertão!

A dona, depois de muita perseguição dos irmãos na escuridão, conseguiu com a ajuda de Seu Zé do Coco adormecer o corpo sofrido e a alma angustiada presa, doida por libertação e aquietação pra escutar a falação.

Seu Zé do Coco, com muita sabedoria e dispersão do astral negativo, começou a falação.

– Não se avexe não, tô aqui pra sua salvação e fazer a dona entender qual é a solução...

– Minha dona, tem certas coisas que não se pode deixar passar sem conhecimento e atuação pra poder livrar o corpo do sofrimento e do penar... Já lutou contra por muito tempo e não encontrou solução, por que não tenta, então, mudar a situação? Cumprir sua missão com preparo e estudo, pra dar vazão, com apoio e sabedoria, ao que acontece com seu corpo, que é a sensação física que já faz parte de você, e negar é renegar o Criador em sua infinita sabedoria que lhe permitiu ter a clarividência pra sua própria elevação e pra ajudar os irmãos. Fugindo só vai adiar o que você tem a cumprir. Posso até lhe ajudar a frear isso, mas não é a solução.

Por que tem tanto medo de encarar a situação? Capacidade você tem, só lhe falta vontade e fé, fé pra caminhar no bom caminho sem tirar vantagem da situação pra encher seu bolso, o que não vai levar você à elevação e ao conhecimento.

E aí? O que me diz?

– Tenho medo da perseguição.

– Estes não vão mais, já estão sendo encaminhados pra um entendimento e novo caminho. Eu lhe digo que, se não aceitar, aparecerão outros pedindo ajuda, e como fica então?

– Não aguento mais isso, vou aceitar sua ajuda, não me abandone.

– Nunca abandono um irmão que me pede ajuda, mas você também tem de ter sua parcela no esforço e compreensão pra se melhorar. Você precisa voltar ao terreiro pra aprender como cuidar de seu casuá e de sua matéria, pra não se deixar sofrer pelas influências e caminhar na fé.

Ficamos na casa da dona até ela despertar e saber qual era a situação. Levantou disposta e com a sensação de leveza, mas um tanto ainda arredia na decisão.

Levei um susto quando um barulho começou e a dona correu pra falar com um negócio preso a um fio. Descobri então o que era, um tal de telefone... engraçado falar por um fio. Quando eu estava aí, já tinha ouvido falar, mas nunca tinha visto um... Era a amiga da dona querendo saber se já tinha se decido e ela respondeu:

– Tive um sonho esquisito, não me lembro bem o que era, só sei que era o Baiano com quem falei no terreiro em sonho. Só lembro dele dizendo que eu preciso voltar lá, mas não sei não!

– Deixe de ser boba, você vai sim, sábado estaremos lá, não aceito recusa, entendeu?

– Vou pensar! Até mais!

– Zé do Laço, o que tu acha? A dona vai ou não vai?

– A dona vai sim, Seu Zé do Coco não vai lhe dar sossego. Ele é cabra arretado e gosta de causos difíceis. Pra Baiano é questão de honra ver um caso resolvido, nem que ela procure outro canto, mas sem ajuda fica não.

O povo da Umbanda não obriga ninguém a seguir seus ensinamentos, rituais e oferendas, pois sem acreditar e saber o porquê, não há fundamento, é perda de tempo. O que importa é ver o resultado do andamento e ver o irmão no caminho do bem. Se for o caminho da Umbanda, será uma festa em Aruanda!

Umbanda
Sua banda
É formosa sem igual
No desabrochar da natureza
Encontrar a beleza
De um caminhar
Com certeza sem igual
De nela
Tudo encontrar
Num caminhar
E sua força utilizar
Nas pedreiras
Nas cachoeiras
No mar
Onde há de estar
O mistério do luar
Nas matas
A cura
Pra qualquer
Linha-dura
Sarar
Os índios em sua cultura
Na sua bravura

De um desfilar
Cultuar e encantar
Os seres
Que estão nela habitar
Salve Umbanda
Pátria amada
Aruanda
Em sua ciranda
A todos abraçar
Sua força guerreira
Que não deixa
A pedreira
Nem a cachoeira
Em sua força
Buscar
Pros irmãos
Ajudar!
Ogum guerreiro
Baiano sorrateiro
Caboclo flecheiro
Xangô justiceiro
Mestre mandingueiro
Iansã guerreira

Oxum faceira
Iemanjá,
Padroeira
Dos marinheiros
Mãe serena
Que abençoa os filhos seus
Marinheiro pescador
Exu guardião
Deste mundão
De meu Deus, então!
Umbanda que me fez,
Umbanda que me faz
Aruanda
Segue na paz
Com seus filhos a abençoar
Num caminhar
Pra ajudar
Cangaceiro eu sou
Cangaceiro eu serei
Junto a caminhar
Pra um Brasil melhorar
E sua evolução
Encontrar.

Capítulo III

Passagem na Escuridão

Quando eu estava na escuridão pensando na minha atuação, cheguei à conclusão de que tudo tem um porquê, então! Cabe a você, meu irmão, buscar força e sabedoria pra lidar com a situação.

Vivi numa época sem lei, onde imperavam o coronelismo e o abuso aos mais fracos, que se intimidavam e não buscavam meios de lidar com a situação, se enterrando por não ter atuação e sempre esperando um auxílio sem dar força e contribuição, ficando apenas na lamentação.

Na minha ignorância, fazia o que podia, meio à revelia, pra dar paradeiro a quem não tinha segurança nem serventia quando não servia a quem queria.

Não justifica o que fiz, sem lei e rebeldia, mas é o que eu podia fazer naqueles dias de agonia.

Alguém naquele mundão, o meu sertão, tinha de atuar pra ajudar o irmão. Nasci e cresci ouvindo histórias de cangaceiros nessa situação, então, a única coisa que podia fazer era ser cangaceiro pra fazer justiça com as próprias mãos diante da triste situação que atormentava o meu coração sedento de melhoras pro meu sertão.

Ser cangaceiro me dava o *status* de ser temido, respeitado, valentão e odiado. Odiado eu não ligava não, mas valentão enchia o meu coração e a vaidade crescia, então. A vaidade só me dava mais força pra continuar o meu destino, o que eu não contava é que a vaidade podia ser ferida por um amor traidor. Que desilusão!

Agora entendo, então, que apesar da boa intenção, minha atuação não era de direito, pois tirar a vida para dar o quinhão a outra não resolve a situação, só cria um carma pra resolução e agora, depois do entendimento e busca da sabedoria, tento consertar a situação dando o meu quinhão de contribuição pra fazer parte da evolução deste meu mundão.

Voltando à dona...

Passado os dias, então...

A dona a muito custo

Saiu do susto

Depois de entender

A muito custo

Que devia, então,

Resolver a situação

Foi tremendo, gemendo

Dizendo

Ai meu Deus!

O que vai ser de mim

Tão sofrida assim?

Acho um tanto engraçado a situação, com respeito ao meu irmão. O povo diz que acredita não, mas na difícil situação, diz: "Ai meu Deus!", então! Aí fico pensando em meus pensamentos a controvérsia, então! Se diz que não acredita, por que usa o nome em vão? Em vão nada, meu camarada! É só pra ser difícil e destemido quando diz não acredito, mas na aflição apela pra quem pode lhe dar a salvação.

Filosofando sobre Deus

O que é Deus, então?

Sou cabra metido

E vou dar o meu quinhão

No meu sentir

E opinião

Deus, meu irmão

É o dono da situação

Com infinita sabedoria

Na criação

Que não deixa um filho seu

Escapar de sua mão

Dando um tempo pra cada um

Sem sair da sua visão

Poder encontrar o seu quinhão

Na sua sintonia e vibração.

Iluminando o mundão

Da sua criação

Deixando que cada filho seu

Responda pelo ato seu

Na colheita da plantação

Sem injustiça, então.

Pra aprender

Sempre com amparo

Dos que aqui estão

Dando a proteção

Com o Anjo Guardião

E outros irmãos no espiritual

Que por amor ao irmão

Nesta vida de carne e ilusão

Esperando com alegria

Aquele que caminha

Sem rinha

Para a verdadeira morada

Da alma cansada

Pra um novo caminhar

Na sua pátria ao retornar.

 A dona chegou muito desconfiada e ficou chateada quando percebeu que naquela noite Seu Zé do Coco não estaria lá pra prosa e quase foi embora se levantando em direção à porta, toda arretada, e deu de cara com meu camarada fazendo gesto pra que fosse sentar e soubesse esperar.

A dona não teve outra opção, sentou-se, mas olhava pra porta a todo instante esperando o momento de sumir dali, e tremia feito vara verde em noite de ventania.

Depois de todos os preparativos pro início dos trabalhos da noite, houve uma brava chamada de atenção de todos os presentes de que lá não era o lugar pra falação e pôr fofocas em dia.

A chamada de atenção não foi por maldade não, é que o povo precisa aprender e entender que em lugar de oração, terreiro ou em qualquer outro lugar que não seja o seu próprio casuá tem de se ter o respeito na falação.

Dependendo da situação e falação, na hora de um trabalho com o espiritual atrapalha na sintonia e vibração, exigindo mais ainda concentração dos médiuns, causando um grande desgaste físico, mas logo ficam recuperados.

O atabaque começou e a vibração se agitou, dando passagem à luz que aumentou firmando a presença dos Boiadeiros, meus irmãos.

Beleza sem igual!

O berrante abrindo caminho

Pra Boiadeiro passar

Com seu grito e laço no ar

Chetruá, Seu Boiadeiro!

É boi, é boi, é boi!

É boiada que vai passar!

Chetruá, Seu Boiadeiro!

Pena que o dom da visão extrafísica ainda não é dado a todos e nem poderia, depende da evolução e da necessidade, mas lhe asseguro que o que a dona viu mudou sua ilusão de que não existe nada além, apesar do que seus olhos veem, então.

Estava observando a dona e observando fiquei. Gostei do que vi e admirei!

Ela chegou escura e arqueada, mas, com a visão que lhe deixou maravilhada, a escuridão foi embora e a certeza e a esperança brotaram em seu ser. Descobriu que não há só escuridão em sua visão, e sim a luz da Criação.

Escorriam dos seus olhos lágrimas teimosas sem parar e a certeza de querer começar a ajudar os irmãos que estão a esperar pela sua mão a estender e poder encontrar o novo caminhar.

Seu Zé do Laço deu a palavra:

Boiadeiro não tem parada

Em seu laço a laçar

E um boi agarrar.

Estou aqui a festejar

E também pra trabalhar

Pra moça bonita encantar

E luz plantar

No seu caminhar.

Luz Divina

Que só combina

Onde há o bem-estar.

O bem estar

No pensar

E atuar.

Boiadeiro não teme

O feitiço

E o catiço.

Desmancha a mandinga

E não há pendenga

Que fica no ar.

Pode começar a entrar

Os que estão necessitados no falar.

Chetruá, Seu Boiadeiro!

Passa boi,

Passa boiada,

Que não fica parada

E o destino encontrar.

Chegou a vez que ficou ansiosa e tão desejada de falar, depois que viu a luz brilhar, de a dona que não queria nem se achegar e com muita alegria começou a falar.

– Seu Boiadeiro, peço desculpas pela minha descrença e falta de sabedoria, a todos e ao Seu Zé do Coco que está lá porteira e não me deixou sair correndo. Agora sei, agora acredito e preciso mudar de rumo, peço também orientação de como fazer pra não me perder e acontecer o que ele me falou... Ele me falou que se eu não aceitasse e acreditasse, poderia até ficar louca. Eu só via coisas feias que me assustavam e então achava que eram coisas de minha cabeça, mas o que presenciei aqui me mostrou que estava muito errada. Por favor, me ajude!

– Muito bem, moça! O laço foi certeiro pra abrir sua mente e Boiadeiro está contente, mas não pense que a lida é fácil! Precisa de dedicação sem esnobação, estudo e preparação.

– Vou me organizar pra que isso possa acontecer.

– Ninguém aqui vai dizer que aqui é seu lugar. Quem vai dizer é seu coração e sua intenção. O lugar é bom e exige disciplina e dedicação, mas está livre pra encontrar outra opção. Se decidir que aqui é seu lugar, precisa começar a preparação. Vou lhe ensinar um banho de proteção.

– Antes do banho, acenda uma vela branca pro seu Anjo Guardião, pedindo luz e proteção e que lhe ajude e acompanhe na sua missão. Feito isso, pegue uns grãozinhos de sal grosso, folha de arruda, guiné e palha de alho. Coloque na água que já foi fervida e deixe no abafamento. Quando tiver na boa temperatura, faça uma oração pedindo pra tirar de sua matéria tudo o que há de perturbação e jogue do ombro pra baixo. Deixe cair bastante água no local onde tomou o banho, pra que tudo de ruim vá por ralo abaixo. Esse banho vai limpar você e lhe deixar meio mole. Depois desse já deixe outro preparado pra tomar logo em seguida. Esse vai lhe levantar dar força e preparar o caminho pra desenvolver sua mediunidade. Está entendendo?

– Sim, pode continuar.

– O segundo banho é assim e só faça se é isso mesmo o que quer: um punhado de benjoim, alfazema e um anis-estrelado. Também ferva a água e depois coloque na água o que falei. Quando a temperatura estiver boa, manda do ombro pra baixo e vai dormir pedindo proteção e orientação enquanto seu corpo descansa.

– Se ficar na dúvida, toma um só pra se refazer, que é assim: um punhado de alfazema depois que a água também já foi fervida, do ombro pra baixo.

– Por que não pode jogar na cabeça?

– Porque a intenção não é mexer com sua coroa, seu chacra coronário, seu cocuruto, ou seja, firmá-la acentuando sua mediunidade e abrir a visão que já está bem aberta. Pra isso existem outros banhos e preparos com ervas selecionadas, colhidas em horários específicos na natureza e preparados só por quem entende e estudou pra isso. Não vá se meter a besta e mexer com o que não conhece. Cada caso é um caso, o banho que eu lhe passei não serve pra todo mundo.

Boiadeiro, depois da prosa, deu um passe na dona como se estivesse passando seu laço, e nisso foi tirando e limpando a energia escura que estava grudada na dona, soltando baforadas de seu cigarro que foi desintegrando tudo e se perdendo de vista.

– Agora, moça, Boiadeiro espera a sua volta com satisfação. Pense em tudo o que ouviu e tome sua decisão.

– Obrigada, seu Boiadeiro!

Boiadeiro Zé do Laço, depois da prosa, dançou com satisfação, dando seu grito de guerra:

É boi, é boi, é boi!

Salve a força de Boiadeiro!

Salve a força dos Baianos!

Salve a força de todos os terreiros!

Saravá, Oxalá!

Saravá, todos os Orixás!

No final da gira no terreiro, foi feita a prece aos Boiadeiros:

Abençoados os Boiadeiros

Que estiverem neste terreiro

E levam ao mundo inteiro

Aos trabalhadores guerreiros

O axé verdadeiro!

Com alegria

E sabedoria

Pra ver a alegria

No rosto

Do companheiro!

A noite de trabalho acabou pros olhos de meus irmãos que compareceram ao terreiro em busca de ajuda, mas aqui é agora que começa a verdadeira lida e, querendo entender, pedi permissão pra fazer uma pergunta ao Seu Zé do Coco.

– Seu Zé do Coco, tô meio avexado e preciso de explicação!

– Diga lá, meu camarada!

– Vim aqui na observação e não pude deixar de notar, então, que tinha dois cabras na vibração contrária a tudo o que estava acontecendo e torcendo pra desmoralizar o dono do casuá. E os cabras danados não estavam na assistência não, estavam dentro do terreiro camboneando os médiuns que estavam dando as consultas.

– Boa percepção, meu irmão! E é triste constatação! Os dois ainda não estão preparados pra dar passagens aos espíritos "guias" de nossa Umbanda por muitas questões ainda não entendidas e resolvidas. Eles querem as coisas fáceis, sem preparo e disciplina.

Tem aquele que já botou a cara neste mundo com a missão de desenvolver a mediunidade, outros com ela já bem preparada e pra outros, isso não vai acontecer. Todos têm o seu momento individual de aprendizado de necessidades e carmas a serem cumpridos. Os carmas são débitos de vidas passadas que precisam ser resolvidos por meio da evolução espiritual de cada um. Tem aqueles que têm nova oportunidade e são iguais à rocha, duros, e não aproveitam a oportunidade, e Olorum, na sua infinita bondade, lhes apresenta outras oportunidades...

– Os dois ainda não entenderam que a missão deles é a de ficar camboneando os médiuns, isto é, doando energia, dando assistência aos que deles precisarem, o que também é de grande importância, pois o médium precisa de alguém ao seu lado assessorando e dando suporte na vibração. Eles acham isso sem importância, pois estão aqui pra receberem a glória e a fama, estão muito equivocados.

Na mediunidade não se deve almejar a fama, e sim bons resultados de quem procura o médium pra sua melhora e, também assim, dar a oportunidade pros espíritos da Umbanda que também estão na evolução e no aprendizado de evoluírem e caminharem na sua escalada evolutiva.

– E o que vai acontecer com eles, então?

– Ou eles entendem qual é a missão ou saltam pra outras bandas que, infelizmente, podem se utilizar da ganância deles pra se promoverem, num fazer de conta na mediunidade dando abertura pra quiumbas, zombeteiros, eguns, que são espíritos ainda sem elevação moral e espiritual, que se fazem passar por espíritos elevados. Por isso, meu irmão, digo, afirmo e repito quantas vezes for preciso: o médium precisa de disciplina, concentração, estudo, elevação nos pensamentos, bom caráter, não ter estrelismo e preparo físico e mental pra ser médium.

A Umbanda lida diretamente com espíritos de baixa vibração dando o devido encaminhamento, e se o médium for afoito e despreparado, pode se perder no meio do caminho.

Oxalá nos deixou um grande ensinamento que é "orai e vigiai", e digo que vigiai e orai também. Orai e vigiai, vigiai e orai é fundamental pro médium e para todos sem exceção na sua caminhada.

– Fico agradecido de sua explicação e peço a Oxalá que eles abram os olhos, então!

Pois é,

Meu irmão!

A busca da solução

Está no caminhar

No pensar

E atuar

Se deixar o rebuliço

Por conta do fascínio

Não há raciocínio

Que dê jeito nisso
Tudo faz parte
Da arte
Não há parte
Que não faça parte
Do Todo
Para o Todo
Respondendo à pergunta.

Agora vou deixar minha história pra responder uma pergunta da minha escrevinhadora, que é também uma pergunta de muitos, então.

– Por que o cangaço está sendo, aos poucos, introduzido na Umbanda, se o passado dos cangaceiros foi de violência até mesmo brutal para com o homem?

Faço essa pergunta na intenção de esclarecer aos leitores pra que não fiquem dúvidas de que todos estamos nesta vida de encarnados, passageira, e depois na verdadeira vida que é a espiritual, pra evoluir sempre e clarear os que possam ter preconceito quanto ao cangaço na Umbanda, dando assim uma nova perspectiva e a curiosidade de tentar entender melhor o que é Umbanda.

– Respondo à pergunta com satisfação, embora na sua explicação do porquê da pergunta já tenha um bocadinho da resposta.

Olorum, em sua criação, criou os seres humanos à sua imagem e semelhança, puros de todos os males, mas, com a necessidade de evolução material para a própria sobrevivência, foram se perdendo valores inerentes ao homem, fazendo com que, em sua maioria, a materialidade prevalecesse, esquecendo-se, assim, de que somos espíritos.

Esse triste fato está fazendo com que o homem se destrua, esquecendo sua essência e criação. Por isso, o planeta sofre as consequências e é necessária a purificação para que a evolução continue seu caminhar e a transcendência para mundos melhores e também para mundos onde a evolução engatinha lentamente, dando novas oportunidades aos que ainda estão na rebeldia.

Olorum a todos olha e a todos abençoa em suas novas oportunidades, e como a evolução é um ciclo constante, por que não dar a espíritos que tiveram uma vida passageira de violência contra o homem a oportunidade de evolução?

Oxalá disse: Quem nunca errou, que atire a primeira pedra.

Quem pode garantir, diante das oportunidades de reencarnações, que hoje um homem de vida regrada, boa moral e conduta, caridoso, também não foi cruel em outra passagem pela Terra? Não foi dada a ele a chance de se melhorar? Não veio com outra disposição e comportamento?

A crueldade não vem só quando se tira a vida de um irmão. A crueldade vem de todas as formas de maldade. Quer exemplos? Então vamos lá!

A maldade vem da inveja, cobiça, ambição desmedia, vaidade, preconceito, no mal falar e criticar sem avaliação, no não saber escutar e rejeitar o pensar do outro, gerando mal-estar por causa do envenenamento da vibração do pensar, na preguiça, do poder fazer e não fazer, do conquistar as coisas de maneira mais fácil e conveniente ao seu bel-prazer.

É... Estão vendo como não é fácil? A maldade vem de todos os lados, e por que não dar a chance para aquele que tirou uma vida de se melhorar quando aprende e sente a necessidade para tal?

O que não se pode esquecer é que toda ação tem uma reação. O mal praticado nunca fica impune, e tem de se responder por isso sim.

Eu, Zé do Cangaço, não estou imune só porque decidi que tenho de me melhorar, também respondo pelos meus atos do passado e não tenho orgulho nem vaidade do que fui, mas tenho a consciência da responsabilidade do que me propus e estou a fazer.

Meu caminhar agora é da busca incessante da evolução e ajuda ao próximo com atuar diferente na Umbanda, que me aceitou por ser destemido e não ter medo de entrar nas profundezas da escuridão e salvar um irmão trazendo à tona a possibilidade da evolução junto com meus camaradas Exus. Por estar desejoso no preparo do aprender e de muitas batalhas travar na luta da Luz para o mundo melhorar.

Mundo melhor

Não há comparação

É uma canção

No universo

A entoar

Pra saborear

É só se melhorar

É, meu irmão!

Espero ter esclarecido

A questão

Vamos dar as mãos

E estudar a lição

Preconceito

Não leva a nada não.

E ficar parado

Não traz evolução.

Tira o pé do chão.

Nas minhas andanças... quem encontro, então?

Saravá, Seu Zé Pilintra!

Que estendeu a mão

Pra ajudar o irmão.

Seu Zé Pilintra também sentiu o preconceito, pois quando era vivo viveu na jogatina, malandragem, mulherengo sem igual, se perdeu no amor e morreu pela traição de uma facada sem perdão, mas seu coração é de uma grandeza sem igual.

Sua cor de pele também foi motivo de preconceito, sendo filho de escravos e sendo julgado somente pela aparência.

Seu Zé Pilintra, quando chega, chega fazendo festa, dançando e encantando a todos com seu gingado sem igual, com sua indumentária impecável. Sorrateiro e velhaco na malandragem, pois desde quando era criança, já tinha dom pra tal. Percebe a intenção só de olhar pra pessoa e, com fala mansa que é só alegria, dá cutucadas com sabedoria.

Ele é procurado por todos que vão ao terreiro na sua fé pedir auxílio pra acabar com o martírio e o sofrimento no amor, pedir a cura, sair da pendura (pendurar a conta), tirar o mau-olhado no trabalho, abrir o caminho e colocar no caminho quem saiu de fininho.

Seu Zé Pilintra é mestre mandingueiro, que vem trabalhar na abertura e limpeza dos caminhos, dando segurança ao terreiro.

Vou dar licença ao meu compadre, que sem vaidade vai falar com você.

– Agradeço o compadre pela camaradagem e pela amizade, e com a permissão de Oxalá e de Juremá, vou falar um bocadinho só, apesar de ser falador.

Tudo o que tá aqui e acolá neste mundão tá porque tem que tá. Muito não tem explicação aos olhos dos homens, mas pro meu Oxalá em tudo há.

Do caos a criação há evolução, nada é perdido neste universo da criação. Do átomo se fez célula e da célula o homem e tudo o que há, foi criado na perfeição e na harmonia. Cada um com seu desígnio, na frutificação e utilização pra um caminhar e transcender, se achegando ao Criador na sublimação e grandeza interior, acompanhando assim o desenrolar de uma outra vida alcançar e a sutileza no estar.

Sei que falei um tanto estranho pra um espírito conhecido como malandro, fanfarrão, mulherengo e afoito à jogatina. Fama que ganhei quando estava entre vocês, vivendo em outra época. Época esta que, infelizmente, ficou gravada na história e na memória do universo, onde o negro aqui no Brasil não era considerado gente, e sim um animal indomável, um burro de carga nas mãos de pessoas que tiravam proveito da situação pra encher o seu baú por meio da exploração do trabalho escravo.

Tive sorte de ter nascido em uma fazenda onde o dono de meus pais e de outros escravos tinha respeito por nós e a todos deu uma vida digna, se assim é que se pode dizer, dando um canto de terra pro nosso próprio sustento até caminhar livre. Nasci depois da Lei do Ventre Livre, em 1871.

Mas não tô aqui pra dizer isso não! O que quero mesmo é o seguinte...

Quando se passa pro lado de cá, temos uma visão mais clareada do que somos e do que fomos quando se está disposto a crescer e fazer parte da evolução. Passei uns maus bocados até aprender e entender. Foi aí que aprendi a falar bonito e entender um pouquinho a criação, mas nunca lamentei. Não sou dado a lamentos e tirei do sofrimento os ensinamentos. Misturei com a alegria minha rebeldia e deu o que deu.

Sou amado por quem tenho ajudado, sou temido por aqueles que pensam que é só pedir a ruindade e ela será feita, pois enxergam em mim uma entidade do mal. Não é assim, não! Ajudo a quem precisa e uso até um pouco da malandragem pra conquistar o melhor.

Não gosto quando usam meu nome num ato de maldade, pois estou no caminhar da evolução e regredir não faz parte. Sou temido por preconceito por acharem que não tenho o direito de seguir adiante na estrada da verdadeira vida, por não conhecerem que tudo que tem ação tem reação!

Seu Zé do Cangaço, lhe dou a palavra e depois volto na prosa!

Saravá, Seu Zé Pilintra!

Que me estendeu a mão
Mostrando-me sua atuação
Dando ensinamento, então.

Pra que não fiquem dúvidas
Quanto à sabedoria da Criação
E de cada irmão
Que saiu da escuridão
O direito de caminhar, então.

Sem nunca deixar de pagar
O seu quinhão
Na escalada da evolução!

Mas, infelizmente, não é todo mundo que decide sair da escuridão no caminhar, no pensar, no agir, pois acabam se acostumando a serem assim. Acostumam-se porque é mais fácil do que tentar mudar ficando ociosos no melhorar.

Tentar mudar dá trabalho, trabalho incessante, porém extasiante quando se percebe e sente as conquistas alcançadas e as que ainda estão por serem alcançadas.

Mais um causo:

Vou contar um causo de um cabra que só resmungava da vida e nada fazia além de ficar pedindo a Deus que fizesse por ele o que ele deveria fazer.

Esse cabra foi um conhecido meu quando era vivo, lá no meu sertão. O danado era meu tio!

Ele morava num casebre de pau-a-pique todo esburacado de um espaço só, com sua mulher e seis filhos. Minha tia, coitadinha dela! Coitadinha nada, era uma pamonha, também não reagia a nada.

Seus seis filhos eram todos remelentos e fedorentos; quando painho me mandava ir lá pra levar um tantinho de comida no farnel pra dar de comer a eles, tinha asco até de me achegar, e o pior era ouvir as lamentações e o querer que Deus lhes acolhesse e que trouxesse uma vida melhor. Aí eu perguntava:

– O que o sinhô tá fazendo pra melhorar? Não sai daqui de dentro nem pra ver o Sol e o sentir arder nas fuças. O sinhô só come quando painho lhe manda algo. Hoje é a última vez que lhe trago, se quiser vai ter de ir buscar.

– Fale assim não com seu tio! Deus há de me ajudar!

– O sinhô é cabra forte e precisa se mexer pra cuidar dos remelentos.

– Deus cuida pra mim! Eu acredito n'Ele.

Eu via aquela situação e me revoltava, pois sempre, apesar de ter me tornado cangaceiro, acreditei na força Divina e que precisava se mexer pra conquistar as coisas, pois foi com minha fé no meu Senhor e de querer melhorar que saí da escuridão.

Meu tio, mesmo sem saber, contribuiu pra me tornar cangaceiro. Eu via aquele povo sofredor e batalhador, tirando ele, pois a miséria dele era merecida, e eu achava que precisava fazer algo. Fiz de certa forma errado. Mas nunca fui cabra de ficar parado e passei a ajudar os que mereciam minha ajuda, tirando dos que tinham para dar a eles. Pro meu tio, nunca dei, não! O pior é que ele tá ainda até hoje sentado esperando que Deus o ajude a sair de onde se encontra: um vale no umbral onde as lamentações chegam a ensurdecer a quem passa por lá oferecendo ajuda, mas continuam esperando a mão de Deus pra tal, e não percebem que várias e várias mãos Deus enviou pra tirá-los de lá, inclusive a minha.

Minha tia sacudiu a saia e está por aí entre vocês, os remelentinhos ainda não sei onde estão, mas logo vou atrás pra poder ajudá-los. Eles não tinham culpa da situação.

Diante de tudo, chego a uma conclusão:

Só há um motivo pra nossa existência. Sabe qual é? A evolução!... Sabia não? A evolução não é ficar parado, e sim dançar e aperfeiçoar o ritmo, entrando em sintonia com a vibração que nos leva à elevação moral e espiritual.

A cada pensamento ruim e atitude ruim ocorre uma distorção na vibração, entrando em sintonia com vibrações afins, gerando os males da alma e do espírito, podendo chegar até a coletividade, criando o caos e interferindo no andar da natureza.

Capítulo IV

Prosa com Seu Zé do Laço

Proseando com Seu Zé do Laço em Aruanda, depois de umas andanças pra ajudar o que vocês aí chamam de alma penada, aquela que fica assombrando os parentes por não aceitar ter partido e deixado seus bens materiais e ver gerar a discórdia por ganância que o cabra mesmo ensinou aos seus, cheguei a mais uma conclusão, mas primeiro vou contar o causo.

Seu Zé do Laço, após todo o ritual de preparo pra iniciar os trabalhos da noite no terreiro, foi solicitado a conversar com um rapaz arrogante metido a besta, mas antes ele me chamou de lado e pediu que eu observasse o rapaz, dizendo pra que eu me fixasse nele, pois iria até me assustar com o que veria.

– Seu Zé do Laço, não sou cabra de levar susto, tô acostumado com tudo neste mundo.

– Faça o que lhe peço e não se avexe!

Zé do Laço

É quem manda

E se tô em Aruanda

É porque

Você me levou pra banda!

Aquietei-me no meu canto, pois lá só era ouvinte e observador.

Não foi muito difícil, pois sou bom observador; aprendi a ser na vida de cangaceiro. Se ficava ao relento, perdia o acalento.

Do cabra saíam raios, ora pretos, ora vermelhos, com tanta intensidade que até atingia alguns que estavam sentados na assistência, causando grande desconforto; e não era só isso: seu corpo perispiritual andavam vermes parecidos com sanguessugas que já estavam atingindo sua matéria, podendo trazer grande males à sua saúde se ele não mudasse sua postura diante da vida. Infelizmente isso não aconteceu.

Não é que Zé do Laço tinha razão! Levei um baita de um susto ao perceber os vermes caminhando nele, mas não dei o braço a torcer, só estou contando pra você agora, como se ele não tivesse percebido. Ha! Ha! Ha! O danado é por demais esperto e só me deu uma olhada zombeteira e eu fiz que não vi.

Chegou o momento da conversa e eu me acheguei mais pra poder observar melhor e ajudar se fosse preciso.

Seu Zé do Laço, antes de iniciar a conversa, com seu laço girando no ar, dispersou toda aquela energia ruim que poderia desequilibrar o médium que iria falar por seu intermédio; deu umas giradas ao redor do homem, que ficou olhando o médium com desprezo, arrogância e desconfiança. Depois de uns cinco minutos começou a conversa, indo direto no assunto sem rodeios pra falar.

– O senhor está aqui pra ver se eu dou um jeito, ou melhor, um fim nas pessoas que estão lhe atrapalhando no que deseja conquistar: o pataco de ganho fácil.

– O que é pataco?

– O que mais você deseja enfiar no seu bolso?

– Dinheiro!

O médium fez um gesto com a cabeça, concordando.

– Pois bem! Tem muito pataco no meio da jogada e quer só pra você, por se sentir merecedor por ter ficado com os velhos até o último suspiro.

– É isso mesmo, vejo que você é bom no negócio! O dinheiro é meu por direito.

– Então vou lhe ajudar. Está disposto a ouvir tudo o que é necessário fazer para consegui-lo?

– Estou aqui pra isso, pode dizer que faço tudo o que mandar.

– Tem certeza? Não vai ser fácil.

– Não desisto do que quero, nunca! Vou até as últimas consequências.

– Sei muito bem que você vai e vai igual furacão devastando tudo, não importando o que e quem. Já perdeu até seu rabo de saia por esse motivo.

– Rabo de saia?

– A mãe de seus filhos.

– Ela é toda puritana e diz que não quer o que não lhe pertence. O dinheiro é meu. Foi eu quem ficou com os velhos, que não eram nem meus pais.

– E se fosse os seus?

– Já os tinha botado em um asilo. Eles nunca me deram nada, eram dois pés-rapados.

– Agora os velhos, você fez que cuidou por causa do pataco?

– Foi isso mesmo.

– Você ouviu direito o que falei? Fez que cuidou!

– Como assim, fiz que cuidei? Eu dei moradia a eles.

– Deu um metro quadrado sem janela e sem vento, de vez em quando levava uma migalha de comida que mal dava pra saciar a fome deles. Não os levava ao dotô pra pode partir mais rápido. Tô errado?

– Eu não tinha como levá-los.

– Mas eles tinham o pataco pra serem levados? Seja verdadeiro pra eu poder lhe dar o que quer.

– Você está certo, não os levava porque não queria.

– Isso foi motivo de grandes brigas com sua dona, não é mesmo? Até que ela não aguentou mais e partiu com sua prole, o que lhe deixou feliz por não precisar dividir o pataco com ela. Mas o senhor sabe que a lei dos homens vai mandar dar pra eles o que é merecido.

– Quando eu conseguir o dinheiro, sumo no mundo e ninguém me acha mais.

– Vai até deixar a prole?

O homem não respondeu, pois já estava ficando irritado com tantas perguntas sem apresentar uma solução para o que queria.

Zé do Laço tinha que ser certeiro em sua laçada pra poder fazer o cabra entender que estava errado e que o seu querer iria acabar com ele e sua saúde, e que iría acabar na solidão e nas ruas, pois já tinha até largado o trabalho contando com o pataco fácil. Eta cabra safado, dado a preguiça e a ganância!

O cabra perguntou:

– Como posso chamá-lo?

– Sou Zé do Laço, Boiadeiro, sim senhor! Com minha laçada laço cabra safado que quer boiada sem tirar o pé do chão.

O homem ficou roxo de raiva.

– Posso até lhe ajudar a conseguir o seu quinhão do pataco que não lhe pertence, mas você vai ter de aprender a repartir, tem mais gente de direito no meio da boiada. Se o senhor souber conduzir, o pataco aumentará na sua mão.

O homem virou as costas e ia saindo quando Zé do Laço deu seu grito de guerra.

Passa boi,

Passa boiada,

Boiadeiro dá laçada

E não perde um boi

Da boiada.

Falando isso, girou seu laço no ar com tanta velocidade que o homem se viu obrigado a voltar e continuar ouvindo o que ele tinha pra falar.

Nesse momento, todos que estavam na assistência e camboneando perceberam a situação de seriedade e sentiram a vibração das laçadas no ar, fazendo com que todos se calassem. Outros Boiadeiros se aproximaram, dando sua laçadas pra ajudar o camarada.

O homem chispava e babava de raiva, mas as laçadas dos boiadeiros foram acalmando ele pra que a conversa continuasse.

— Escute bem, eu posso lhe ajudar a conquistar o que for seu devido merecimento com mais ligeireza. Você está muito enganado se pensa que farei o que me pede só por ganância e avareza. Você nunca fez algo de bom pros seus de coração, o que fez foi apenas com interesse e sem muitas conquistas. Maltratou e humilhou o casal de idosos que você mesmo se prontificou a acolher em seu casuá negando a eles conforto, alimento e cuidados com a saúde só pra que partissem logo. Tô falando mentira?

O homem abaixou a cabeça com vergonha de encarar o médium e o cambone.

— Ainda tem mais! Não deu a devida atenção aos seus filhos, não lhes ensinando o melhor no caminhar. Você os ensinou a ser igual a você, e seu destino pode ser o mesmo do casal de idosos. A sorte é que a mãe deles é de bom coração.

— Tu é cabra preguiçoso pra vida, mas é metido a valentão quando entra o tostão na história. Já torrou o pataco de seus pais e agora quer mais pra torrar sem multiplicar. Como já lhe disse, posso lhe ajudar a receber um pouco que infelizmente é de seu merecimento se mudar o pensar, o caminhar, o tratar os seus e a si mesmo, pra que seu destino não seja tão ruim. Tá disposto?

    O homem mal respondeu que sim, ele só queria sair de lá correndo.

    – Agora o sinhô pode ir e pensar no que escutou.

Depois do trabalho terminado, Seu Zé do Laço veio até mim muito arretado com a situação e eu lhe perguntei:

    – Vai ajudar, meu camarada?

    – O que eu pude fazer já foi feito, que foi limpar sua matéria e alma do mal que ele mesmo provocou, e plantei uma semente pra ver se vinga. O cabra é arredio e decidido no mal que quer praticar. Ele é capaz de qualquer coisa pra conseguir. Peço a Oxalá que guie seus passos pra que não tire a vida de alguém pela ganância e que nos dê a sabedoria em conduzi-lo pro melhor.

    – Vai fazer só isso?

    – Vou organizar uns camaradas pra que fiquem em seu encalço pra tentar evitar que faça mais besteiras, mas ele tem o livre-arbítrio e a colheita é certa.

    O povo pensa que é só chegar e pedir que a solução chega pra todos os males, sejam eles quais forem. Não é assim não! A gente ajuda sim, se a porta for aberta pra se melhorar e conquistar o que é de direito. Estamos aqui pra ajudar no que for do bem e sempre com a permissão de Olorum e com as bênçãos de Oxalá, nada é à revelia.

    A conclusão a que cheguei foi a seguinte:

O tal do livre-arbítrio a que todos têm direito, se não for usado direito, a consequência chega. Chega bem, chega torta, chega doentia, mas tudo tem serventia pra dar a garantia de um dia, sem soberbia, ver a luz do dia.

Zé do Cangaço eu sou!

A luz pousou

E o meu ser vibrou!

Não estou mais à revelia

Pra ter serventia

E a garantia

De um dia

A luz brilhar

Em seu olhar

Em seu caminhar

No seu despertar

Sem soberbia

Mas com valentia

Sem temor

Onde o amor

Com todo o seu calor

Passar por onde for

Desabrochando a flor

Que há em seu interior

Exalando o seu frescor

Colorindo seu viver

Em saber

Que onde há amor

Há a bênção do Criador!

Fico muito avexado em pensar e analisar em como está o caminhar da humanidade sem rumo e paradeiro, um verdadeiro campo de guerra de homem contra homem num piscar de olhos, guerra esta sem fundamento, que põe a perder o rebento pelo simples fato de ter o poder com a valentia desmedida a um poder fuleiro que só faz se perder e se afastar do roteiro da Criação.

No meu pensar, tento chegar a uma conclusão de por que acontece isso, então?

À conclusão não foi difícil de chegar, pro meu triste pesar!

A criação? A criação dos pais para com seus filhos. Existe nos dias de hoje a criação? Quando digo criação dos pais para com os filhos estou dizendo a criação na educação, no respeito, no ensinar a caminhar, no conquistar por seus próprios méritos e necessidades. No ensinar a conduta moral e ética, no compartilhar, no se doar, na fé independente da religião.

Consigo ver muito pouco disso nos pais de hoje, que são pais, mas não sabem o que fazer com seus filhos e não percebem que crianças são cheias de artimanhas pra conseguirem o que querem.

Choro de tristeza e peço ao Criador misericórdia e oportunidades de melhora.

Do lado de cá, procurei saber um bocadinho mais sobre pais e filhos e descobri que pais e filhos não são consequências do acaso, pois acaso não existe e nunca existirá. Tudo acontece porque tem que acontecer e chacoalhar a humanidade pro despertar e clarear o pensar.

Os pais, quando recebem as bênçãos de ter filhos, é porque dentro dessa bênção há uma grande missão. Pode ser filho adotivo, filho de coração, filho de sangue, isso importa não. O que importa é o que vai fazer com a missão recebida das mãos do Criador.

Dentro da Lei da reencarnação, que dá a oportunidade a todos de evoluir e caminhar melhor, entra a missão dos pais que firmaram um acordo antes de virem pra este mundo de meu Deus em encarar as dificuldades terrenas e de se comprometerem na educação de seus filhos. E o que estão fazendo, então?

Educação não é só a garantia do sustento, jogar o rebento numa instituição escolar achando que já fez o seu quinhão de contribuição, lavando as mãos diante de qualquer situação.

Não é assim não!

A responsabilidade maior dos pais é conduzir seu rebento na conduta moral e ética pra torná-lo cidadão digno de caminhar neste mundão, mas também não é só isso não! Tem de dar exemplos na criação pra se tornar bom cidadão.

Tem de conduzir a uma religião, seja qual ela for, com discernimento e acompanhamento e o deixá-lo livre, pra quando tiver condição, escolher aquela que se encaixa, então.

A religião religa o cidadão ao Criador e, assim, tendo a fé e o conhecimento de sua existência, o camarada terá melhor andamento em seu crescimento e terá forças em seu caminhar pros resgates a que se deve o seu trilhar.

Pois é, meu irmão!

Não é fácil não!

Se tudo tem um porquê, então!

Fé

Religião

Educação

Reencarnação

Missão

Evolução

Perdão

Avaliação

Tudo faz parte da evolução!

Discernimento

Conhecimento

Reconhecimento

Desprendimento

Sem ressentimento

Sempre atento

Quando vem o acalento

O sentimento

Da força interior

Busca e o encontro

No estar pronto

De ir ao encontro

Sem rebeldia

Soberbia

Ao que se programou

Pois se elevou

E não restou

Dúvidas de que se caminhou

E ao Criador encontrou.

Vamos, pais! Vamos dar as mãos em vez de dar as costas e cumprir nossa missão. Vamos fazer com que nossa pátria amada, Brasil, seja uma pátria onde reine o respeito, a dignidade, sem violência, com moralidade, com governantes sábios que pensam e agem em prol de sua grande comunidade que lhes deu o poder.

Meu papel aqui não é falar de governo e de país, mas o que é um país sem governo, sem um líder a liderar sua nação?

Aqui também temos hierarquia e responsabilidades com nossos líderes, se é assim que se pode dizer, ou melhor dizendo, com a Lei Maior e vibração de nossos Orixás, nada é à revelia.

A liderança tem de ser em prol do povo deste mundão de Meu Deus, e não em prol de sua própria satisfação.

Capítulo V

Virada na Prosa

Bom... vou dar uma virada na prosa e voltar ao que se deve, então.

Certo tempo, em que me encontrava na escuridão, na andança sem paradeiro tentando entender qual era a real situação, muito avexado e arretado me deparei com um rebuliço só. Fiquei escondido para ver o que era aquilo.

Tinha um grupo de uns trinta cabras que ficavam andando em círculos numa constante, sem parar. O cabra da dianteira dizia que os levaria a um lugar onde poderiam se fartar e se acalmar, onde teriam o que necessitavam sem ter o esforço, pois já tinham o que era merecido, só tinham se perdido no caminho, mas logo encontrariam o destino certo.

De começo fiquei sem entender a situação e fiquei na observação por um bom tempo.

Davam volta em círculos num lamaçal sem igual, parecia que afundavam cada vez mais, parecia não, afundavam e mesmo assim não desistiam de continuar caminhando, e não percebiam que não saíam do mesmo lugar.

O danado da dianteira ia lhes prometendo muitas coisas, entre elas o que mais lhe deixava exaltado quando pronunciava era da mesa farta e de regalias ao lado de seu mestre e da vida mansa que teriam.

Quando alguém tentava lhe dizer algo, respondia com rispidez insana:

– Aqui o líder espiritual sou eu e estamos a caminho do nirvana, façam o que mando, pois é o que o mestre lhes ordena.

Ainda não eliminamos da nossa carne as impurezas, vamos, vamos caminhando...

Ao lado de meu mestre não pode haver fracos ou arrependidos. Ele nos prometeu o que há de melhor.

Depois da observação, vi que não corria perigo na aproximação e tentei uma falação com o tal do líder pra saber quem era o mestre e o que pretendiam andando em círculos.

Olhe... que situação! O cabra não me via e não me ouvia. Não adiantou a aproximação nem minha falação. Fiquei arretado!

Os danados pareciam zumbis convictos de onde iriam chegar, estavam num estado de catalepsia que nunca vi igual, deu até dor no coração de perceber o que o fanatismo faz, então.

Digo aos meus irmãos que ainda estão andando em círculos com a mesma falação, que situação!

Ainda não há o que se faça pra dar cabo dessa situação, mas desisto não, quando for permitido volto lá, então, com meus irmãos, pra dar assistência, mas ainda continua triste a visão.

Diante disso fui buscar a palavra do conhecimento e entender um bocadinho do porquê da situação e aprendi a lição, vou tentar passar um tantinho a você pra que tenha discernimento, então.

Vou dar a explicação com um repente que amo tanto, então!

Fascinação

Ilusão

Falta de percepção

Na concepção

Da visão

Da palavra

Palavra certeira

A quem queira

Na vida inteira

Sem saber

Onde está a beira

Fugir da rinha

Sem enfrentamento

Sem tentar o conhecimento

Com discernimento

Numa fé cega

Que não dá o acalento

Dando cabo ao vento

Que leva ao conhecimento

Assentindo ao pronunciamento

Do final do julgamento
Onde o seguimento
Faz jus
Sem a verdadeira luz
No acomodamento do corpo
Num descansar permanente
Ao lado de uma mente deficiente
Carente
Sem a verdadeira patente
De que sente
O que realmente
Leva ao ser vivente
A Luz permanente

 É difícil a compreensão, meu irmão? O que quero dizer com isso, então? Sem fé... Leva a nada, mas fé sem discernimento, sem a busca do conhecimento, leva à ilusão e à enganação, mesmo que não seja por maldade, como aquele irmão que anda em círculo, então, com seu rebanho na escuridão.

 Tenho a certeza de que, em um tempo, a situação muda, então. Tô fazendo o meu quinhão e convido o irmão que acredita no que eu disse a ajudar a mudar essa situação, levando o acalento a quem precisa, então.

 Fecha seus olhos, acalma o pensamento. Tenta sentir a centelha do Criador que há em você e a partilhe com quem ainda não consegue sentir. Vibre e sinta o amor.

Cada vez que você a partilha, vibra em seu ser a Luz Divina.

Luz Divina!

Luz Divina!

Luz Divina!

Olorum!

Olorum!

Olorum!

O meu, o seu, o nosso Criador!

Esparrama pela sua criação o amor!

Retira a dor e a amargura

Trazendo luz e esperança.

Num caminhar onde há de despertar e brilhar

A Fé!

A Fé!

A Fé!

Salve a força da natureza!

Onde se revigoram as energias.

Salve a força dos Orixás!

Salve a força dos Orixás!

Salve a força dos Orixás!

Hoje, no tempo de vocês, é tempo de renovação. De repensar o que se está fazendo, o que se quer encontrar no caminhar, o caminho do bem a trilhar, no que se espera encontrar, no bem-estar familiar, na fé e de como ela está, de se fortalecer, de se encontrar com Oxalá, no se purificar, deixando de lado picuinhas, desavenças, avexamentos, tristeza, mágoas, e seguir adiante com a missão dada pelo Criador pra sua evolução. Missão ainda não descoberta pela maioria, mas ter a certeza de dar o seu melhor e, com certeza, ela será alcançada e abençoada.

Esse tempo de renovação deve se tornar um ritual constante em sua vida, em seu dia a dia. Renovação esta que, para muitos, só acontece com mais intensidade no período de Páscoa, onde a maioria da população, ou uma boa parte, passa a se lembrar, a relembrar da passagem de Oxalá por este mundo. Onde as pessoas que creem vibram em mesma sintonia – fortalecendo assim o bem-estar da humanidade que, torno a repetir, humanidade que carece de humanidade.

Saravá, Oxalá!

Saravá, Oxalá!

Saravá, Oxalá!

Axé a todos os seus filhos!

Cangaceiro eu fui

Cangaceiro eu sou

Meu cangaço agora é diferente

Faço a catança do rebanho

Pro meu Senhor

Com amor e sem temor

Pois sou parte do Criador

Seu Zé Pilintra tá do meu lado e lhe passo a palavra.

– É com grande satisfação que dou minha contribuição. Apesar da malandragem que me deu a fama, sou peregrinador de Oxalá. Luto com valentia em busca de ajudar dentro do que sou apto a ajudar, pois também estou a trilhar o meu caminhar.

Nesse tempo que antecede a Páscoa, se todos se dessem conta, procurariam estar em melhor sintonia com Oxalá.

Nessa época, as coisas não são nada boas do lado de cá e muito menos do lado de vocês. É um tempo em que as trevas tentam arrebanhar seguidores fortalecendo as inquietudes, a ganância, a maldade, a violência, programando mirabolantes ataques à humanidade e, infelizmente, muitos se deixam levar por compartilhar dos mesmos pensamentos e atitudes. Porém, felizmente, a luz sempre prevalece com as bênçãos de Oxalá, com espíritos de luz dedicados e homens de bem numa única corrente em prol de todos, onde a caridade, a mão estendida a quem necessita nunca hão de faltar, e sim sempre aumentar.

Um sorriso dado, um abraço apertado de bom coração é uma bênção. É uma comunhão de energias salutares que revigoram a alma e o espírito.

Já dei minha passada e volto mais adiante... Passo a palavra pro meu camarada.

Zé Pilintra!

Zé Pilintra!

Boêmio da madrugada!

Sempre à frente de uma parada,

Não deixa escapar nada.

Não desiste da jogada

Até deixar o camarada

Na caminhada abençoada.

Capítulo VI

Andança

Em minhas andanças pelos terreiros encontrei de tudo pela frente, encontrei cabra safado se dizendo letrado e interessado em ajudar o mundo inteiro, mas pensando no sabor da vinda do dinheiro e a glória derradeira. Enganados pela ilusão, pela ganância do tostão, vi afundar no ribeirão, poluindo a imagem da Umbanda Sagrada, trazendo preconceito e insatisfação. Que tristeza, então!

Mas sempre pelo caminho de minhas andanças, nunca perdia a esperança e, no encalço de Zé do Laço, encontrei o que queria e com alegria conto a você pra que também tenha a esperança e a confiança de que tem gente boa, muita gente boa, com amor no coração e dedicação pra ajudar o irmão, sendo um peregrino fiel à Umbanda Sagrada. Peregrino de uma luta árdua, combatendo o preconceito e mostrando ao mundo inteiro o que é a Umbanda, religião abençoada por Olorum e Oxalá nesta pátria amada, berço esperado e preparado de civilizações remanescentes do rebuliço vindouro, no acolhimento de nações.

Bom! Essa prosa deixo pra depois... Pois muito há que se falar sobre isso, mas não estou aqui pra isso e tem gente melhor pra falar disto.

Não perdi a esperança, só encontrei fortalecimento na Umbanda e dedicação no que queria me tornar, e cá estou pra contar.

Era noite de trabalho, tudo muito bem organizado, harmonizado e pontualmente iniciado.

Eu e Zé do Laço pedimos a permissão e entramos no espaço. Era trabalho de Mestres Catimbozeiros e fomos recebidos por Mestre Malaquias, que com sorriso estampado no rosto cumprimentou Zé do Laço e me deu um abraço, que me deixou avexado e meio avoado, e foi logo dizendo:

– Silveirinha! Seja bem-vindo em meu terreiro!

Não é que o cabra sabia meu nome!

– Tô cismado! Como sabe quem sou eu? Pelo seu abraço não tá com medo de quem sou eu! Vou logo avisando que meu cangaço agora é outro, tô aqui pro letramento e aproveitamento do ensinamento do irmão, mas se quiser pego meu chapéu de couro e meu gibão e me arretiro daqui, então.

– Cabra avexado sem igual! Sei bem quem é tu, meu irmão, e medo tenho não. Tava na fé de que viesse aqui com o Zé, companheiro de jornada. Fiz convite há tempo e só agora chegou o momento certeiro.

– Não tô tendo o entendimento.

– Acalma lá! Não se alembra de minha pessoa por modo de que nós já vivenciamos passagem juntos, só que em outro tempo diferente de quando estava no cangaço do sertão baiano na fissura.

– Nos tempos idos fomos irmãos de comunhão de pensamentos. Vejo que agora vamos continuar nessa comunhão que foi desviada lá no sertão. Seja bem-vindo na Umbanda, seja bem-vindo em meu casuá.

A lida de hoje vai poder mostrar pra você o que é fazer o bem sem olhar a quem, pois tem um cabra sentado lá que tá na má intenção de causar tensão e fazer a colheita do pataco de todos que aqui estão.

O cabra tá de pistola escondida, no desespero da vida onde não vê saída, mas com sabedoria e a ajuda do alto, com a ajuda de Oxalá, com a força de Juremá e dos Mestres Catimbozeiros que aqui já estão, vamos dar cabo na situação.

Veja lá, já começou a dispersão dos que acompanhavam ele por afinidade de tensão e aflição.

Mestre Malaquias se aproximou de seu médium, que logo sentiu a vibração e entrou e sintonia e começou a falar:

Salve o povo da banda!

Salve os Mestres Catimbozeiros!

Que estão neste terreiro,

Pro povo ajudar!

Ajudar quem está na aflição,

Ajudar quem já perdeu o rumo

E nada mais importa.

Ajudar quem está na linha torta

Pra fé encontrar!

Ajudar os que estão por aqui

Simplesmente por estar

E acreditar,

No axé que irão levar.

A proteção Divina!

A bênção é abençoada!

Pro mal, aqui não tem parada.

A cobiça sai em disparada.

E dá entrada

Pro Sol entrar

E iluminar a estrada

De quem nela está a caminhar!

– Estamos aqui hoje numa missão de alcance difícil, mas pra Olorum não é impossível. Peço a todos os presentes que não fiquem no cochicho e na distração. Fiquem na atenção e vibração pra ter a elevação do pensamento e fortalecimento da fé no que vieram buscar, pois há de receber o que for por merecer.

Desvio no andar, no caminhar, no pensar, no agir, quem aqui não teve e não deixou de ter? O que importa é saber que pode se modificar, se aceitar a palavra bem dita num axé fortalecedor e com amor no acalento de Nosso Senhor.

Pode começar a chamar quem veio pra prosear.

Enquanto Mestre Malaquias falava, fiquei observando o camarada. Seu primeiro pensar foi de logo começar o que veio determinado a fazer, e grande raiva brotou de seu ser.

O Senhor Exu Guardião do Terreiro, o Senhor Sete Porteiras, estava em seu alcance com mais camaradas segurando a situação.

Ele tinha amarrado o camarada na cadeira com uma espécie de corrente energética que, ao mesmo tempo, tinha a função de prendê-lo na cadeira, fazendo com que não tivesse forças pra levantar por causa do peso que estava sentindo, peso este que foi trabalhado em cima do seu próprio peso diante de seu agir e pensar, que acumulou energias densas e pesadas sendo sabiamente utilizadas pra prendê-lo e fazê-lo escutar os ensinamentos de Mestre Malaquias.

Enquanto isso, lhe era ministrado passes calmantes e dispersivos, que de certa forma o deixaram exausto por não estar acostumado a sentir e receber bons fluidos energéticos.

O camarada estava ficando meio sonolento e querendo adormecer ali mesmo, mas o adormecimento não poderia acontecer, pois sua alma rebelde não iria querer escutar a falação.

Mestre Malaquias, percebendo rapidamente a situação, solicitou que os ogãns tocassem um ponto.

A batida cadenciada do atabaque foi forte e conseguiu o intento.

É lá no catimbó

É lá no catimbó

É lá no catimbó

Que se pega no cipó (bis)

Dá um laço

Dá um nó

Que se pega no cipó (bis)

Dá um laço

Dá um nó

Que se pega no cipó (bis)

O cipó é forte

O cipó é forte

Que arrebenta o forte

Dando o norte

Que arrebenta o forte

Dando o norte.

Dando o norte.

Eita ponto de grande profundeza e sabedoria! Fortaleceu a corrente atada no camarada dando suporte e fez com que o cabra, mesmo se sentindo ainda sem forças pra levantar, ficasse bem acordado pra escutação da falação.

O danado levou um baita de um susto quando lhe disseram:

– Senhor, seja bem-vindo em nosso terreiro. Fique na paz de Oxalá e pode entrar, chegou sua vez de falar com Mestre Malaquias.

– É... Não vim aqui pra conversar. Vim só pra olhar.

– Entre apenas pra receber um passe e, se não quiser conversar, apenas receba o axé.

O camarada, meio desconfiado, coçou a cabeça, olhou pra saída, levantou-se e tentou sair, ficando na indecisão por alguns minutos. Coçou a cabeça novamente, olhou pra moça que estava esperando por sua decisão um tanto impaciente, pois o terreiro estava com gente fugindo pelo ladrão de tão cheio que estava.

Pois é! Casa que tem o axé verdadeiro, respeito, educação e disposição pro crescimento e evolução dos seus filhos de fé, sempre fica lotada de pessoas querendo um acalento e de médiuns com vontade do auxílio na caridade.

O cabra, depois de relutar, decidiu entrar.

Mestre Malaquias, quando o cabra se aproximou, lhe deu um abraço certeiro, envolvendo-o com vibrações de amor e serenidade.

O danado ficou firme sem demonstrar o que sentiu, mas vi saindo dele uma vibração diferente, uma vibração de emoção.

Fixei meu olhar e pensamento nele, pra sentir qual era a vibração e pensamento. Surpreendi-me e fiquei triste.

Seu pensamento era um rebuliço só: "Por que esse cara me deu um abraço como se me conhecesse, um abraço que só pai amoroso dá no filho que ama? Acho que é isso, pois nunca recebi um, só recebi chicotada dele e da vida. Quero ir embora daqui, não gosto disso, me deixou moleirão, vim aqui pra outra coisa".

Mestre Malaquias e o cambone ficaram quietos por um tempo só observando a reação do cabra, que ficou todo desconsertado e depois com tranquilidade, porém com firmeza, começou a prosa.

– Então, meu camarada! A vida é dura e maltrata a sua pessoa? Cheia de injustiças, contratempos que não deixam fazer o que se quer, não é mesmo? Mas, o que se quer? Será que todos têm o que se quer na facilidade, usurpação só por querer? Não, meu irmão! A vida é dura pra todos, sem exceção, e o que vale é somente a disposição. Disposição em tentar, no cair e levantar e a certeza de que no cair a mão de Olorum está sempre amparando pra ajudar a levantar aquele que quer conquistar o melhorar.

O cabra ficou em silêncio, só a observar...

– A diferença entre as pessoas está no não desistir, pois todos têm carmas e dificuldades a passar, ou será que o Criador de tudo é injusto na semeação e na colheita? Não! Não! Não! Cada um por si só é que faz a semeação e a colheita é certeira. Se semear semente brocada, a colheita será brocada também. O Criador dá semente igual a todos e a diferença é que se tem várias formas de plantar, várias formas de caminhar e estradas a percorrer, e as possibilidades de escolhas são infinitas. Cabe a cada um escolher se vai subir ou descer o degrau nas escolhas. Se decidir subir, o amparo certeiro vem com força e a Luz de Oxalá.

Dificuldades sempre vão existir, pois faz parte da evolução; se fosse fácil não haveria necessidade de novas vidas, se conseguiria tudo em uma só e o descanso seria eterno. Não há descanso no evoluir. A Lei é evoluir sempre! Olorum sempre dá novas oportunidades aos seus filhos...

Espero que o senhor saia deste casuá hoje com um novo pensar e fortalecido para, ao menos, tentar mudar o caminho torto que está trilhando.

Vou lhe contar uma coisa. Observe aquele médium que está incorporado por Mestre Carreirinha, que está dando atendimento a jovem chorosa...

Aquele médium está há um bom tempo sem achar no que trabalhar, catando coisas nas ruas pra alimentar os filhos, mas não perdeu a esperança, a fé, a disposição na caridade e a força pra buscar o que necessita pra caminhar. Tá passando dificuldades, mas não desistiu e nunca pensou em ter as coisas de maneira fácil.

Quem tem mais é porque foi em busca e não ficou parado nas lamentações e dificuldades da vida. Para aquele que recebeu sem trabalho, sem labuta, a colheita também é certeira e terá de responder o porquê de não fazer e se evoluir apenas usufruindo sem proveito o que as circunstâncias lhe ofereceram. Pense nisso, meu camarada.

O casuá estará sempre de portas abertas pra você quando vier na boa intenção. Não use a força do que tem escondido pra obter o indevido. Use sua capacidade, sua inteligência e saúde pra ter suas conquistas.

Se precisar, pode sempre contar comigo em seu caminhar, no bem a você mesmo a trilhar. Siga na paz de Oxalá!

O camarada saiu muito avexado e um tanto envergonhado, pois sua maldade ficou amolecida e a palavra de Mestre Malaquias em seu pensamento ficou.

Mestre Malaquias só ficou no atendimento do cabra, e pra dar por encerrada a sessão, falou:

– Não há bênção maior do que quando se consegue dar um acalento e abrir uma porta, dando a possibilidade de a luz entrar e as trevas se afastarem. A luz só ilumina aquele que não desanima diante das dificuldades certeiras e sente em seu coração o axé verdadeiro, pois quando se está na fissura, não se consegue perceber a Luz que nunca nos abandona.

Agradeço ao Senhor Seu Sete Porteiras, Guardião dessa tronqueira, a proteção verdadeira. Sem a sua proteção, nada seria este casuá.

Salve a força de todos os Guardiões!

Salve a força de todos os Exus!

Exu é guardião

Exu é protetor

Exu é trabalhador

E tem o seu valor

Destemido

E com amor

Presta em seu labor

A força de um guerreiro

Tomando conta da porteira

Dando segurança ao terreiro

Saravá, todos os Exus!

Capítulo VII

Pensamento e Lembrança

Sabe... Fico a pensar no quão difícil está o caminhar quando se junta com o sentimento de injustiça de perda e desejo.

A frustração que traz ao irmão que não consegue lidar com a situação é de corroer o coração. A alma fica ferida e cansada da labuta e se entrega aos desejos materiais, pois está presa gritando sem solução diante de tantas agonias. Perde o valor? Perde não! Fica adormecida esperando novas oportunidades, sofrendo e querendo não ser desviada do caminho, mas a matéria brilha diante de tantos encantamentos que a vida material oferece; e no deslumbramento de alcançar sem poder e sem enxergar o que se está a fazer diante da fissura se perde na loucura.

O mundo de hoje oferece de tudo aos olhos e ao deslumbramento desmedido e deixa as pessoas sem saber o que fazer pra conquistar, pois a disputa é grande no se encaixar e acompanhar o crescimento material, gerando rinhas, picuinhas, afetos e desafetos, motivos sem motivos, distrações trazendo complicações, mais perdas do que ganhos, mais tristezas do que alegrias, caminhar e retornar ao mesmo ponto, alegrias vazias, amores perdidos, falsos amores, delicadezas engabeladoras, carinho cobiçador, afeto traidor, atitudes disfarçadas, mas reveladoras da ambição, interesse desmedido, desigualdades aparentemente injustas e cobiçadas, fraqueza de moral... São tantos os desvalores que eu poderia ficar falando por horas a fio, mas deixaria um choque grande no pensar e no sentir no desvio do caminhar.

O que fazer, então?

Cada um, por si só é que pode descobrir o que quer no seu caminhar, no seu pensar e no seu conquistar. O que não se pode esquecer é que do seu plantar vem o seu colher.

Zé do Cangaço também fica triste... Pedi a permissão e fui pro meu ribeirão onde morri de solidão, pra fazer uma reflexão de tudo que vi e fiz, então.

Zé do Laço ficou avexado e preocupado, pensando estar eu cansado de caminhar. Disse a ele:

– Não, meu irmão, só quero rever umas situações e poder melhorar o meu sentir. Reflexões são necessárias quando se quer e deseja se conhecer melhor e se melhorar.

Ele me disse:

– Vá, meu camarada, mas não perca o passo da boiada, pois não tem parada e, se precisar, é só me buscar no seu pensar e lá estarei pra lhe acalentar.

– Obrigado, meu irmão, meu camarada!

Decidi, então, ir na caminhada pra poder observar e aprender mais. Minha andança foi longa e de muitas paradas até chegar ao meu ribeirão.

Ribeirão que me fez perder a razão e depois encontrar a solução. Fez-me perder a razão porque a solidão de um cabra arretado deixa ferver a razão, razão perdida na ilusão em desalinho com a verdadeira situação, aquela de que não adianta impor o querer, tem de se saber entender e esperar a derradeira hora em que se enxerga a verdadeira condição, seja qual ela for, e caminhar pra aceitação.

Mas... Cabra que não perde a situação por impor a resolução na bravura da atuação não aceita rejeição e parte pra rinha, então.

Ah... se eu tivesse o entendimento, então, que agora escorre pelas minhas mãos na vida de cangaceiro, a situação teria condição de modificação, mas tudo tem um porquê, então!

A mulher sorrateira teria tido a vida inteira sem interrupção de um cabra metido a valentão como eu pra poder perceber o verdadeiro amor, apesar da situação.

Onde andará ela, então?

Cangaceiro tinha amor no coração, só não soube usar o seu quinhão na paz com o irmão, achando que a força é a razão pra se ter o que acha justo, então.

No meu caminho até chegar ao ribeirão, vi cada situação! É de cortar o coração, pois decidi voltar pelo caminho mais longo e difícil pra poder tirar lição de cada aparição.

Se fosse cabra medroso, pedia socorro na primeira movimentação. Não vou contar tudo, vou contar apenas algumas que tirei lição de aproveitamento pra poder chegar cá onde estou e também pra poder ir além com a fé no meu Senhor.

Sentado à beira de meu ribeirão revivi cada situação, então... Vamos lá, meu irmão!

Passei por um vale onde a soberbia reinava com valentia, um querendo ser mais forte que o outro na disputa por um poder onde não havia rei nem rainha, muito menos seu séquito pra ser comandado. Todos naquele vale se perderam na ambição desmedida, no poder de mandar sem discernimento pra tirar proveito.

Nesse vale, que passo a chamar de "O vale da soberbia", não havia mando que contivesse a confusão total que lá existia.

Lá regia a lei do mais forte, o qual também não existia, pois todos eram os mais fortes. Nem com um pouco a mais de sabedoria convencia os que queria pra serem seus escravos. Penso que posso falar assim, pois ainda tem muitos escravos por aí e por aqui, que por medo ou falta de impulso pra algo maior continuam a existir pra servir com o sacrifício de sua alma e do seu corpo sem tentar se encontrar e descobrir a capacidade escondida no subconsciente, por necessidade de evolução, por mais que seja no sofrimento e que, como já disse, tudo tem um porquê então, mas ficar parado esperando sem a busca da evolução o porquê se perde, então!

No Vale da Soberbia a rinha não tem fim, pois sai um que se encontrou e a ajuda aceitou, entra outro com mais soberbia no intento de dominação dos que lá estão. Imagine, meu irmão, a confusão que é lá, então!

Lá se encontram dirigentes de nação, religiosos, aqueles que não encontraram o seu quinhão na carne e então se contagiam com a situação sem discernimento e entram na sintonia da vibração, tentando realizar a sua frustração que ficou guardada até então.

Um se engalfinhando no outro o tempo todo, um pega pra capar danado que se o cabra ainda não tiver um pouco da certeza do que quer, então, passa a ficar influenciado com a situação e, quem sabe, se torna um chefão ou um simples pau-mandado sem enxergar a real visão.

Fiquei por lá um tempo a examinar e a analisar, até tentei prosear pra poder tentar ajudar, mas como tudo que tem, tem a permissão e um tempo pra solução, não consegui meu intento, mas tirei uma lição.

Há cabra que nasce pra mandar, pra ordenar e realizar, pra mandar numa nação colocando ordem e desenvolvimento. Há cabra que nasceu pra comandar a criação do desenvolvimento, há cabra que nasceu pra dar o direcionamento, pra dar o acalento na fé do nosso Senhor, pra dar o impulso, pra dar ordem no meio da confusão. Dando um fim, há cabra pra dar ordem e um jeito em tudo.

Cheguei à conclusão do motivo de ter nascido no sertão num tempo difícil de viver, com vontade grande de ajudar o irmão, mas caí na tentação de um poder em vão que me levou a ser cangaceiro, então!

Quando se vê a dificuldade em que vive um irmão, seja ela qual for, sendo que no meu sertão era de pobreza de alimentação, de educação, de discernimento, de molhação, de gado pra engordação, de chão pra se viver com dignidade, apesar de ser um mundão que tem chão pra todos, mandos e desmandos, injustiças disfarçada de justiça...

Não há sangue de cabra arretado que não fique avexado, ainda mais cabra inquieto à procura de aventura na flor da formosura de uma juventude desabrochante, que sempre deixa qualquer um na situação inquietante de algo inconstante, sem o amparo de quem se comprometeu, dizendo... Passa o tempo que tudo se endireita, é só fogo pra ter um rabicho, pois é cabra-macho e precisa ser valente.

Relembrando tudo isso e sentindo novamente o fulgor da juventude percorrer em todo o meu ser, me dei conta de estar chorando da saudade do que poderia ter sido um bocado diferente, mas num repente, levantando a cabeça, veio na mente um monte de gente faminta e carente, que era agradecida de cangaceiro por dar um alento e um alimento ao seu rebento carente e doente.

Uma prece oferecida, um raio de luz que mesmo pra alcançar o destino faça curva, hoje sinto e me fortaleço, agradeço e reconheço a atitude torta que deveria ter sido com mais sabedoria e menos soberbia, mas era o que eu podia oferecer.

Sertão, meu sertão,

Terra onde ainda há a desilusão

Mas tem o seu quinhão

Na parcela de contribuição

Pra evolução

E ainda há de garantir

O que há por vir

Terra que sofreu

Por não ter molhação

Hoje já está melhor na situação

Mas... esperando o irmão

Que está dono da situação

Olhar melhor para o sertão

Pra trazer a evolução
Que necessita o povo
Que lá estão
Povo de fé
Que cultua a tradição
Na fé
Na lição de cada dia
Pra ter o pão
E o alimento da alma, então!

Fiquei muito tempo a me lembrar do meu sertão e das dificuldades do tempo em que vivia por lá. Esse tempo e a lembrança fizeram fortalecer o meu novo querer.

Voltei a relembrar o meu caminho e desatei a chorar e a clamar ao meu Senhor! O porquê de tudo aquilo, então? O horror está cravado em minha mente e, só fico a imaginar que tem gente capaz de fazer o que vi, se é que posso chamar de gente.

Fico a imaginar que quando nosso Senhor manda o aguaceiro que inunda um bom terreno em seu choro, é pra lavar a alma dos irmãos perdidos na escuridão, que são capazes de tão grande brutalidade com um irmão que só precisa de uma nova chance no aprender e caminhar. Pra lavar a alma daqueles também que estão no desvio de qualquer tipo de conduta, fazendo com que encontre a força no espiritual.

Minhas lágrimas escorrem sem parar numa compulsão incontrolável, uma dor terrível em meu peito que só acalento na fé de acreditar que um dia isso irá mudar, e o valor da vida na vida irá se sobrepor num suave caminhar pra evolução alcançar.

Tem noção do que estou a falar?

Andei no Vale dos Abortados... que assim vou chamar. É, meu irmão... No Vale dos Abortados, dos que foram arrancados da vida antes que ela desabrochasse pra um novo caminhar.

Minúsculos corpos esquartejados gritando pra viver, gritando pelo amor de uma mãe que não os quis e que brutalmente os despejou numa lixeira fétida, desamparados diante da ignorância por não saber, não querer, não aceitar uma nova missão.

Digo só mãe, pois é dela o poder de gerar a vida em seu ventre, é dela o livre-arbítrio, apesar de existir um pai que possa caminhar ao seu lado, cumpridor de seu dever no educar e amar o seu filho. Pai que por macheza desmedida, arrogância no caráter e desprezo no que é seu dever também incentiva tal brutalidade.

Mas... A mãe, apesar de dificuldades certeiras, tem o poder de determinar o seu querer. Mães que ao terem no seu ventre uma semente pra ser germinada, adubada, acariciada e educada são abençoadas por Mãe Iemanjá, a dona da vida e da fertilidade, que chora ao ver a triste realidade que acontece em cada minuto neste mundo de meu Deus.

Vi corpos esquartejados e seus espíritos abraçados a eles, querendo e desejando nova oportunidade, chorando, uns revoltados querendo vingança pelo amor de mãe desprezado a eles. Uns pedindo perdão por quererem novas oportunidades, fazendo promessas de ser bons filhos e amar seus pais; uns prometendo terem aprendido a lição e que não cometeriam os mesmos erros idos.

Cheguei até a acompanhar um que, conseguindo se desprender de seu minúsculo corpo esquartejado, com forte desejo de vingança, ia ao encontro de sua querida e odiada mãe fazendo com que entrasse em depressão profunda, adoecendo sua matéria.

Vi que a tal mulher, mesmo de longe, estava sendo amparada pelos seus e tentei ajudar, mas me foi negada a permissão.

Disseram-me que a ampararim em tudo o que fosse necessário e permitido, mas ela teria de passar pela situação, entender e aprender a não cometer os mesmos erros praticados por diversas vezes.

A colheita seria certeira e, em consequência, o aprendizado também, mesmo que demorasse muito, pois tal é a Lei da Evolução, cada um em seu tempo e merecimento. Deus não desampara ninguém, são seus filhos que se afastam d'Ele.

Eu perguntei meio avexado, mas entendedor da situação:

– O que será desse espírito perdido no ódio?

– Ele também será amparado e logo recobrará a razão, pois aceitará a situação com amor no coração e com perdão.

Logo lhe será dada outra oportunidade e esperamos e trabalhamos pra que seja acolhida.

Disse a eles, então:

– Tô no aprendizado de minha nova função e tô à disposição pra qualquer situação. Não tenho medo de enfrentar qualquer situação, pois tenho fé no meu Senhor, o Criador, Olorum, e em Oxalá.

É só chamar pelo meu nome que lá estarei pra ajudar um irmão, sou Zé do Cangaço, então!

– Agrademos o irmão e não nos faremos de arrogado se houver precisão. Siga na sua fé. Força ao povo de Aruanda, que segura a banda!

A tristeza da situação me deu forças pra caminhar, então. É em Aruanda que quero aprender e seguir a lição e, com a permissão, seguir trabalhando na vibração de uma nova luz que surge: o cangaço na Umbanda, força que segura a banda pro seu povo trabalhar.

Tristeza

Pra que serve a tristeza?

Você sabe, meu irmão?

Tristeza serve pra...

Depois da escuridão que deixa os olhos marejados

Deixá-los limpos pra nova visão

Visão da luz que clareia o saber

O querer de não querer

Que a tristeza bata na sua porta,

Outra vez, então!

E como fazer isso, meu irmão?

É o reconhecimento do erro

O perdão

Da aceitação

Luz que clareia o coração!

E dá novo sabor à visão,

E nova força a seguir

Em busca do que se quer, então!

Com mais clareza,

Pois a luz da fé

Brilha em seu coração.

A tristeza dominava meu ser, mas uma luz passou e a certeza dominou... Continuei a reflexão de tudo que vi e brotou em meu coração a velha pergunta, então...

Onde andará ela?

Será que tenho o perdão?

Será que está na escuridão de um ódio duro no coração?

Por eu ter tirado sua vida por não aceitar a situação?

Cabra metido a valentão não gosta de ser corno, então!

Meu Senhor! Tira essa dor do meu peito pra que eu possa continuar no caminho, então!

Um silêncio se fez... Um halo de luz brilhou e meu coração aquietou.

Do halo saíram duas luzes distintas que não pude reconhecer, mas a terceira, amparada, fez meu coração pular de uma alegria incontida que me fez chorar feito criança de emoção. Era meu amor, então! Que teve a permissão de vir ao meu alcance e trazer a solução pro meu coração.

– Perdoo você, meu cangaceiro do sertão, arredio por ser valentão... Também tenho uma parcela em seu quinhão de tristeza, pois não entendia que a ganância por tostão sem amor verdadeiro de nada valia pro coração. Me perdi na luz do ouro e fui infeliz até o fim de minha vida tirada, por merecida traição, e que pelas suas mãos teve curta duração.

– Eu é que lhe peço perdão, por não ter reconhecido o que ia no teu coração. Agora estou em outra vida, sendo levada sem nenhum tostão, só o necessário pro ganha-pão. Penso que aprendi a lição. E torço por você, torço pra que siga na sua missão e, quem sabe um dia, nos encontraremos pra juntos ter uma nova jornada.

– Agora preciso partir, mas você está em meu coração.

Num piscar de olhos a luz se foi e fiquei com a lembrança do meu amor do sertão e com a certeza de que um dia a veria novamente para, então, mas com outra condição neste chão que dá e tira o pão pra quem não tem firmeza e disposição no coração, alcançar a verdadeira estrada, aquela que dá a luz na caminhada e pra nova estrada, e depois bater em retirada pra outra nova estrada com mais luz no trilhar e no pensar.

Vi a luz e me encantei

Divaguei

Apreciei

Chorei

Solucei

Vibrei

E tenho a certeza de que

Depois da luz brilhar

O que quero ser

Em meu caminhar

Pois agora sei

Que de novo

A verei

E oportunidade terei

De ser o seu rei

Com a verdadeira conquista

Do amor

E o Criador abençoar

Mas não é só isso não

Que aconteceu em meu despertar

Agora sei

Agora senti

Agora posso dizer

Que agora

A porta abriu

E me fez clarear

Onde devo andar

Aruanda

É lá que quero atuar

Pois o abraço de Deus

Veio me abençoar

E como num cantar

Um repente a celebrar

Venho a entoar

Um pedido

Sem estar perdido

Mas com sentido

Pois é lá que quero estar

Estou disposto a trabalhar

Sem estar afoito

No conquistar

Pois somente desejo

O meu povo ajudar.

Capítulo VIII

Rumo ao Novo Caminhar Misturado com Lembranças

Quando ainda estava perdido em meu repente, sentado em meu ribeirão, com a luz das estrelas a brilhar, iluminando e acalmando o meu pensar, novo halo de luz veio a brilhar, desta vez me deixando paralisado, ofuscando o meu olhar, pois nunca tinha avistado nada igual em toda noite de meu sertão ao luar.

A luz foi se aproximando devagar e uma gigantesca emoção começou a gritar em meu coração, e feito criança comecei a chorar sem parar, sem vergonha de demonstrar o meu sentir, pois mesmo sendo tido como cabra-macho metido a valentão, não tenho vergonha de chorar não, pois o choro liberta a alma das amarguras e das dores do coração.

Da luz, não posso acreditar... Saiu o Caboclo Sete Encruzilhadas a me abençoar, estendendo a mão e dizendo:

– Vem, meu irmão! Venha atuar e buscar o seu quinhão em Aruanda. As portas estão abertas pro seu novo trilhar em busca de ajudar os que estão a precisar, e ajudar a você mesmo na descoberta do que você é e do que quer ser.

Tenho a permissão de Olorum e de Oxalá para lhe levar e com a certeza de que seu caminhar será de grandes conquistas no sentido de ajudar, mas saiba que pedras surgirão e sozinho você nunca estará.

Venha! Vamos pra Aruanda aprender como atuar em sua missão!

Num piscar de olhos, lá estava eu em Aruanda!

O Caboclo Sete Encruzilhadas, o precursor da Umbanda no Brasil, já não estava mais ao meu lado, porém em Aruanda estavam a me esperar Seu Zé do Laço com sua laçada a me abraçar, Seu Zé do Coco e Zé Pilintra com sorriso a me encantar, com tanto amor a transbordar e afoitos para as orientações começar.

Fiquei por bom tempo sem sair de Aruanda no aprendizado e na conquista de novas amizades, passando por rituais de aprendizado e de celebrações que não posso contar a vocês, porém digo que seriedade não há igual, compromisso e responsabilidades com cumprimento, senão não há o porquê do merecimento.

No dia de meu firmamento...

Na celebração de meu assentamento

Recebi o nome com o qual me apresento

Zé do Cangaço

Zé do Cangaço eu sou
Por alusão ao que fui
Porque está em meu coração
O amor por meu sertão
Terra de muito chão
Que ainda vai receber o seu quinhão
E também com a permissão
Vou dar minha contribuição
Mas minha função
Não é só com meu sertão
Minha função é com os que estão
Na secura do coração
Mesmo vivendo numa terra
De molhação
Perdidos na ilusão
Na solidão que dói no coração
Na mandinga
No feitiço
Desmanchando o rebuliço
Afastando o mal por ser mal
Ou por ser mandado
Vou onde for preciso
Não fico indeciso

Quando o amigo
Quando o irmão
Que acha estar sem solução
Vivendo na escuridão
Mas é bom de coração
E querendo mudar de situação
É lá que estou, então!
Maldade faço não,
Porque não quero
Me perder na escuridão.
Quero evolução!
Quero sempre estar perto da Criação!
Do Criador!
Com amor no coração,
E ver a felicidade do amigo
Do irmão
Acertar a direção.
Digo que a lida não é fácil não!
Mas se há disposição...
A mudança chega, então!

Uma explicação: a vestimenta que uso é igual à dos tempos do sertão: chapéu de couro e gibão, punhal na mão e carabina em meu cinturão, pois sem minha farda é como não ter chão, mas não se avexe não, tudo isso tem nova função.

Uma coisa que não perdi é a vaidade em meu cabelo, pois mesmo sendo cabra-macho, meu cabelo vai até o cinturão, isso não largo não. Taí o meu charme, então!

Estava sentado num banco apreciando o firmamento, buscando o acalento na luz das estrelas, quando vejo na elegância, sorrateiro sem igual, meu amigo e camarada, Seu Zé Pilintra...

O camarada sentou ao meu lado sem dizer uma palavra e, por bom tempo, ficamos imóveis apreciando o firmamento.

– Sabe, meu irmão...

– Diga lá, Zé Pilintra!

– Como é lindo este mundão! Que perfeita ordem na criação!

– Cada vez que me pego a observar as estrelas fico a imaginar o que há de ter nelas. Pelo que imagino em minha pouca sabedoria nesse sentido, é que em cada estrela há um mundo vibrando com seres em evolução e mudando de estação quando há a necessidade de evolução...

– Meu amigo não está errado.

– Não!?

– Vamos dar uma volta pra que eu também, em minha pouca sabedoria e muita curiosidade, possa lhe contribuir com algum esclarecimento.

– Onde vamos?

– Vamos simplesmente caminhando e aproveitando as situações.

Começamos a caminhar em direção a um centro urbano onde a agitação dos encarnados era intensa, um rebuliço só no comportamento e na vibração do pensamento quando, de repente, Seu Zé Pilintra disse:

– Aqui tá bom pra começar. Observe com atenção os que estão encarnados, foque sua visão somente neles. Esse é um exercício que aprendi quando fui estudar o kardecismo e me foi de grande valia no meu atuar.

Fiquei por um tempo quieto tentando me focar nas pessoas que passavam por nós e meu ser começou a tremer com a intensidade dos pensamentos perdidos de cada um que passava.

Era uma confusão só de pensamentos, que fiquei atordoado e avexado. Os pensamentos se cruzavam, chocavam, afinizavam, expandiam e se encolhiam numa mistura de sentimentos de tristeza, amargura, inveja, ódio, avareza, compulsão, de alegria, de amor, de emoções incompreendidas.

A cada pensamento observado meu ser tremia e, quando já estava na agonia, Seu Zé Pilintra me tocou me tirando desse torpor que me deixou zonzo.

– Diga lá o que é isso, meu amigo, não sabia que o pensamento se expandia a ponto de sair das pessoas e se chocar com os pensamentos de outra. Tô assustado, cabra!

Seu Zé Pilintra deu uma gargalhada gostosa e com seu jeito especial todo matreiro e sorrateiro me disse:

– Agora tu chegou onde eu queria.

– Você me trouxe aqui pra ficar atordoado?

– Calma, cabra arretado! Você acabou de perceber como é a força do pensamento do homem encarnado. O pensamento sai da sua matéria e vai pro éter, pro espaço. Mas... O que será que acontece quando o pensamento se expande?

Agora é que vem o interessante, meu amigo. Preste atenção naquele homem que vem lá. Tente ouvir seus pensamentos e as vibrações decorrentes emanadas dele. Vamos acompanhá-lo!

Fomos acompanhando aquele homem de boa aparência e indumentária, que de bom só tinha mesmo o que citei.

– Oxente! O pensamento dele muda de cor! Como é que pode ser isso? Olha lá... tão saindo uns raios pretos... Vixi, agora tá vermelho!

– O pensamento, as vibrações mudam de cor conforme sua intensidade e a qualidade do pensamento, mas não é das cores que tenho a intenção de lhe falar, e sim da intensidade. Vamos, continue observando, tente ampliar sua visão. Não tem só o que tá vendo.

– Tô ficando apoquentado. Meu camarada, o que é isso? Tá parecendo uma rinha!

– Não deixa de ser. O homem, pelo que percebi dos seus sentimentos e pensamentos, está com ódio mortal da mulher e ao mesmo tempo há uma paixão ensandecida por ela. Ela o deixou por achá-lo incapaz de lhe dar o que deseja, materialmente falando. Ele quer provar a ela que pode lhe oferecer tudo, mas o ódio o impede e deseja vingança.

– Tá certo! Foi o que percebi. Agora, depois de apurada a visão, percebi que o cabra tá sendo acompanhado por vários espíritos que parecem odiá-lo.

– Não! Eles não o odeiam.

– Então, por que estão acompanhando?

– Pela afinidade de sentimento e pensamento.

— Diga lá, meu irmão! Como é que é isso?

— Não vou dizer que isso é uma constante, os que estão na carne são acompanhados por espíritos por diversos motivos e, nesse caso especifico, é somente por afinidade. Esses espíritos por algum motivo também estão sedentos por vingança e o instigam a tal, pra se fortalecerem pra conseguirem sua própria vingança.

— E o que acontece, então?

— Se esse homem continuar com o pensamento fixo nessa ideia e não procurar mudar esse foco do pensamento, provavelmente ele será tentado, se sentirá mal e acabará realizando sua vingança. Tudo depende da sua força de vontade de mudar de perspectiva de caminhar, de aceitação da perda. Porém, ele já está bem influenciado.

— E o que se faz?

— Continue na observação, eleve seu pensamento ao Criador.

Continuei na observação, um tanto avexado pela situação.

O cabra estava envolto numa escuridão só, e a leva gritando ao seu ouvido.

Custei um pouco pra poder apurar a observação, e qual foi meu espanto!

Uma luz a certa distância também o acompanhava, e percebi que essa luz estava tentando lhe passar boas vibrações e pensamentos. Pude também ver nessa luz uns cinco espíritos. Eles caminhavam de mãos dadas e deles saíam raios luminosos que, infelizmente, ainda não conseguiam atingir aquele homem.

– Vamos mudar de rumo agora, Zé do Cangaço.

– Cabra! Vamos fazer nada?

– Não! Lembre-se, estávamos apenas observando e ele já tem a ajuda necessária.

– Com o que vimos, meu amigo, já deu pra ter uma noção do que quero realmente lhe falar. É o seguinte...

Aqui mesmo onde estamos existem vários planos nas mais variadas vibrações. Infelizmente, pelo que pudemos observar, a maioria dos que estão na carne, que passaram por nós, estão com baixas vibrações de sentimentos e pensamentos, dando abertura e força pro baixo astral.

Pudemos observar, na dimensão que estamos agora, que ela é povoada por espíritos sedentos de alguma coisa e muito ligados às sensações da matéria, gerando um grande rebuliço no Planeta Terra. Você pode observar também outra dimensão, aquela em que se encontravam os espíritos de luz tentando ajudar aquele homem. Aqueles espíritos trevosos que infelizmente e, na maioria das vezes, são chamados pelos que estão na carne de exus, diga-se um equívoco muito grande da parte deles, pois aqueles são zombeteiros, arruaceiros sem parada e sem evolução, pois a mesma está parada esperando o seu momento. Agora, nossos camaradas Exus são de grande sabedoria, serventia e estão na escalada da evolução como nós.

Voltando ao que eu quero... Aqui na crosta do planeta Terra há várias dimensões habitadas por vários espíritos em suas variadas escalas de evolução, cada dimensão na sua função e atuação.

Dependendo da evolução e percepção de cada espírito, é possível ou não visualizar essas dimensões. Aqueles espíritos trevosos não nos enxergaram e muito menos nos sentiram. Agora... os espíritos de luz daquele grupos nos viram e nos emanaram boas vibrações.

– É verdade, não tinha entendido, mas agora compreendo, eu senti essas emanações e senti um grande bem-estar.

Puxa, meu amigo! Gostei da lição, mas e os planetas e as estrelas, são habitados?

– Oh, cabra arretado! Que bom ter a curiosidade! São sim, meu irmão, e cada um na sua fase de evolução. Uns mais, muito mais evoluídos que aqui, onde seus habitantes são mais sutis, pois são de grande elevação, e outros em níveis muito mais baixos que o planeta Terra. Pois lhe digo uma coisa, meu camarada, que é um bocado triste mas necessário: muitos dos que aqui estão em espírito e até mesmo os que estão ainda presos na matéria, e que, quando chegar o momento do desprendimento, irão para mundos menos evoluídos, pois aqui não conseguiram tirar a lição pra se melhorarem e necessitam disso pro aprendizado.

– Vixi! Não é que meu amigo Zé Pilintra é cultura!

– Deixe disso, meu camarada, ainda estou longe pra dizer que tenho sabedoria, mas estou na conquista.

– Agradeço a você, meu camarada, de montão pela lição. E vou em busca de mais informação.

– Sabe, Zé do Cangaço! Não foi fácil chegar aonde estou, passei por muitas provações e tentações, mas a vontade de melhora me levou ao estudo. Posso dizer que fiz estágio em várias religiões e em vários centros de estudos. Aprendi muito e ainda aprendo, mas é na Umbanda que encontrei o meu alento. É na Umbanda que aprendi a valorizar o chão que nasci e a valorizar as bênçãos que a natureza nos dá. Foi em Aruanda que me fortaleci.

– Salve, Aruanda!

– Sabe, meu amigo! Desde que cheguei a Aruanda me sinto mais fortalecido e decidido. Lá recebo o alento de que necessito pra caminhar, a instrução necessária, instrução que nunca termina e só amplia, dependendo do grau e da necessidade e da curiosidade no saber.

Se o homem que está na matéria conseguisse perceber o quão é importante se conhecer, se melhorar, conhecer a importância da natureza na sua vida, e tentasse sentir um pouco, um pouquinho que seja, a força o Criador, este mundão estaria bem melhor. Mas o homem só percebe suas necessidades em função da necessidade e das conquistas dos outros, criando pra si mesmo frustrações e desilusões, pois cada um está em seu próprio estágio de evolução e crescimento, e usar o próximo como espelho sem se conhecer causa grandes distúrbios em si mesmo.

Todos têm o seu espaço e função em sua existência. Todos têm um acordo firmado a conquistar e com tantas possibilidades se perdem no caminho.

– Diga lá meu, irmão! Diante de tantas possibilidades, como o homem pode se conhecer, então?

– Zé do Cangaço, isso você mesmo pode responder.

– Tá certo, então!

Conhecimento

Nunca tem vencimento

É força e acalento

Conhecer a si

Vem de dentro

Do sentimento

Da necessidade de conhecer o desconhecido

Do desejo inconstante

Desabrochando

Quando confiante

Caminhando adiante

Na busca incessante

Do que vem adiante

Acrescentando ao de antes

Ampliando o horizonte

Num movimento constante

Da matéria que avança

A cada instante

Matéria que faz parte

Da arte no viver

Mas sem esquecer

Que não é só matéria

Na arte de viver

O conhecimento do espírito

Parte mais importante
Pra qualquer um que cante
A arte do viver
Ter o seu saber
Que é no espírito
Que a vida caminha
Engatinha
Pra um novo
Alvorecer
Ampliando a percepção
No sentir do coração
Saindo da ilusão
Pra saborear
Pra ampliar
O novo saber
E pra isso acontecer
É só querer
É só perceber
Que faz parte da Criação
E está na evolução.

– Boa explicação, cabra arretado do sertão!

– Sabe, Seu Zé Pilintra, eu penso que o que falta é um bocadinho de reflexão sobre o próprio pensamento, pois aí acaba se fazendo coisas sem discernimento e depois não se aguenta o arrependimento ou acaba tendo de ter ação em cima da ação daquilo não foi refletido. Não é fácil, pois neste mundo doido tudo é pra ontem e sem vislumbrar o amanhã.

– Tá certo, meu camarada, mas a reflexão também tem de ser feita mesmo depois do ato refletindo assim, pra verificar o sucesso ou a necessidade de melhora, e o que percebo em minhas andanças na ajuda ao próximo é que se tem preguiça de pensar e a acomodação e aceitação se tornam mais fáceis, porém, isso gera lamentação e insatisfação.

– Vamos deixar de prosa e voltar pra Aruanda, tenho de fazer uns acertos pra um trabalho bem complicado que vem pela frente, pois o enfrentamento vai ser difícil e perigoso e preciso me preparar.

– Será que tenho permissão pra lhe acompanhar, meu camarada?

– A permissão minha lhe dou, mas não depende só da minha. Vamos ver se consigo permissão em Aruanda. O cabra acha que tá preparado pra descer no inferno?

– Oxente! A pendenga vai ser brava?

– Vai sim, meu camarada!

– Tenho medo não, essa é minha função, pois tô no aprendizado da preparação pra isso, e vai ser de grande valia a lição.

– Então tá! Vou pedir permissão a quem lhe trouxe pra Aruanda.

– Vixe! Desde o abençoado convite, nunca mais vi o Caboclo Sete Encruzilhadas.

– Num se avexe não! Os olhos dele estão constantemente sobre você e posso lhe dizer com antecipação e satisfação que tá na linha certa, e o que não lhe falta é disposição segundo a prosa que tive com ele.

– Tô na ansiedade da resposta.

– Vá pro seu descanso e estudo que, quando for o momento, eu lhe procuro.

Em Aruanda, fiquei novamente a observar o firmamento e em pensamento pedi a permissão ao Criador que, se fosse do meu merecimento, poder atuar junto de meu camarada e dar minha contribuição seria de grande satisfação, pois já tô na fissura pra ter um trabalho mesmo que seja apenas o de auxiliar, que já é de grande valia. É que cangaceiro eu fui e cangaceiro eu sou, e ficar na pasmaceira faz sofrer meu coração, pois gosto é de ação.

Escutei uma voz em meu pensamento.

Ficar no avexamento e na fissura não lhe traz o alento e muito menos o discernimento que tem de ser certeiro na resolução do momento, pois a situação pede que seja certeiro, sem afobamento, pra não perder de vez o rebento que está cada vez mais no afundamento.

Oxente! Essa é a voz do meu próprio pensamento! Que não deixa de ser coerente e eficiente!

Seu Zé Pilintra me perguntou se estou preparado pra descer no inferno e ser um espana-vento, de que adianta ir no acompanhamento? Tenho de ir pra fazer parte do aproveitamento e não vai ser diferente.

Passou uma lua e Seu Zé veio falar comigo.

– Você tem a permissão, meu camarada, e já vamos pôr o pé na estrada. A caminhada é longa e sem parada. Agora preste atenção, durante a caminhada lhe coloco a par da missão.

Na missão fui eu e os falangeiros de Seu Zé Pilintra.

Só eu e ele íamos a prosear pra poder ficar a par, os demais iam em concentração, num ritmo que nada lhes tirava a atenção.

– Meu amigo! Quando lhe disse que ia descer ao inferno não exagerei, é pra lá que vamos. A situação é grave. Vamos libertar a alma de uma pessoa que está em coma há mais de três meses.

– E como é isso, então?

– A mãe do rapaz foi a um terreiro numa noite de trabalhos dos Mestres pra falar especialmente comigo, pois a senhora tem grande fé em mim. Ela foi logo dizendo que já tinha recebido muita ajuda quando firmava o pensamento em mim, mas nunca tinha tido coragem de ir pessoalmente a um terreiro por medo do que as pessoas à sua volta poderiam lhe dizer, achando que era besteira e que essa história de espíritos não existe, mas que tinha decidido encarar o preconceito e ir ter comigo.

O que ela disse é verdade, mesmo ela não indo ao terreiro seu pensamento era tão intenso e de tão grande amor por quem pedia ajuda que a ajuda chegava. Porém, seu filho é muito cabeça-dura e sempre acaba se metendo em grandes confusões. Ele é um cabra metido a valentão, que só resolve as coisas na briga, não sabe recuar mesmo quando sente que vai perder a parada, achando que isso não é coisa de macho.

Numa dessas brigas, que foi por revanche de um grupo rival de uma dessas gangues que se formam por apregoar um preconceito fútil e inútil, o rapaz acabou sofrendo uma lesão grave na cabeça e está em coma... A situação do rapaz é de extrema gravidade, pois ao entrar em coma sua alma foi desprendida do corpo, ou seja, seu espírito foi capturado por um grupo que há séculos o persegue em suas sucessivas chances de reencarnação e modificação. Ele foi líder desse grupo e os traiu em função de outro grupo por poder maior. O rapaz é mantido em uma espécie de caverna no submundo astral, onde vários espíritos trevosos estão fazendo a segurança do lugar, pois lá se encontram muitos outros ditos prisioneiros. Esses espíritos estão bem equipados com armamentos que fogem ao entendimento humano e é difícil encontrar palavras para descrevê-los e, também, bem treinados para qualquer aproximação e ataque.

– Como o amigo já tem todas essas informações?

– Pra uma missão como essa é necessário primeiro a sondagem do terreno onde vamos pisar e depois um estudo profundo das possibilidades, pois não pode haver erros e distrações, o que requer certo tempo. Também é avaliado o merecimento de quem vamos ajudar, mas nesse caso o amor de mãe fala mais alto. Posso sentir suas orações pedindo pra que tenhamos sabedoria e força para trazer seu filho de volta do coma. Seu amor é tão grande que em suas orações ela pede que ele volte, mesmo que seja sem condições de se virar sozinho, que ela o amparará.

– Isso não chega a ser egoísmo dela? Querer que ele volte mesmo como um vegetal!

– Depende do ponto de vista.

– Como assim?

– Se voltar na vida, mas ficar vegetando for uma oportunidade de aprendizado e de melhora, é o Criador quem sabe. Assim será!

– É, tá certo! Tudo tem um porquê, não é mesmo?

– Se assim for, é porque sua mãe também tem o que aprender, pois não será uma vida nada fácil. Ela tem uma parcela de culpa por seu filho ter chegado infelizmente onde chegou.

– Quando criança, ela achava bonitinho ele brigar e o incentivava a bater quando era ofendido por alguém e batia muito nele também. Ela sempre lhe dizia que homem que é homem não leva desaforos pra casa. Criticava a educação dada, pelas pessoas que conhece, aos seus filhos e era muito preconceituosa. A duras penas aprendeu a não ser uma pessoa tão preconceituosa, mas se preocupa com o preconceito dos outros e ainda não aceita o que ouve falarem de seu filho. Estava sempre o protegendo e o defendendo de suas maldades e cabeçadas na vida.

– É, meu irmão... Passa lua, passa tempo e muita coisa muda não! Meu pai também achava bonitinho eu ser metido a valentão, só se incomodava quando eu dava minhas sumidas e me embrenhava no meio dos cangaceiros, dizendo que tinha medo que eu virasse um, então. Lembro-me de uma prosa, quer ouvir, meu camarada?

– Simbora lá! A caminhada ainda é longa, dá tempo de prosear e lhe pôr a par.

– Eu tinha por volta de uns 9 anos e, certo dia, voltei do grupo escolar todo ralado e dolorido. Tinha sido empurrado morro abaixo por um filhote de coronel arretado, que não ia com a minha pessoa e vivia querendo arranjar briga comigo e me ameaçando dizendo que, se eu reagisse, seu pai ficaria sabendo e invadiria as terras do meu pai, diga-se de passagem, que era um bocadinho de terra só comparando com a fazenda desse maldito coronel... Me desculpe pelo maldito, meu camarada, mas é que a lembrança foi forte.

– Tá desculpado.

– Quando cheguei em minha casa, meu pai já estava à minha espera por causa da demora, pois já estava quase anoitecendo. Ele tinha a preocupação de que eu tivesse me embrenhado novamente no grupo de cangaceiros que estavam ao redor. Quando me avistou ao longe, foi com chicote na mão em minha direção e nem se deu ao trabalho de questionar o atraso, já foi dando chicotadas em meu lombo. Eu gritava no desespero, pois já estava muito dolorido. Eu gritava assim...

Painho! Painho! Escute! Escute! Não tive culpa! Foi Geraldinho que me empurrou morro abaixo, fiquei dolorido e esperei um bocadinho até que ele sumisse de vista, painho!...

Tive de berrar pra ele me escutar e ele berrava mais ainda comigo dizendo que eu estava me perdendo com os cangaceiros. Só quando se acalmou é que pude contar o sucedido. Ele ficou muito avexado, mas disse que nada poderia fazer, pois Geraldinho era o filho do coronel Epaminondas. Disse também que eu tinha de engolir a raiva e não me atrever a fazer algo, pois não queria encrenca com o coronel mais do que já tinha... Engoli seco, pois na frente de painho eu não retrucava e muito menos desobedecia. Nisso passou uma semana e acabamos encontrando o coronel e seu adorável filhote de lobisomem na vila, pois o tranqueira era de uma feiura só, e, por trás, a molecada o chamava de filhote de lobisomem...

– O coronel, todo cheio de si, se achegou a meu pai e foi logo dizendo:

– Olhe, meu filho chegou à sede da fazenda dizendo que seu moleque o havia atentado e que a pendenga ainda não tinha sido resolvida. Proponho a você que nossos filhos resolvam essa pendenga agora na nossa frente para que não haja nenhum mal-entendido sobre nós, pois sou muito generoso e desejo o bem-estar de todos.

– Ouvindo isso, pensei... Filhote de lobisomem mentiroso, cabra safado, é você que me provoca o tempo todo e só não reajo pelo cagaço que painho sente pelo seu, mas é agora que tu vai ver o que é bom, e o olhei fuzilando e mostrando que não tinha medo, não ia enfiar o rabo entre as pernas e chorar feito mulherzinha perto de meu pai, embora fosse isso que ele desejasse, pois ele beliscava meu braço com tanta força que até pensei que estava arrancando um tiquinho de carne com a unha.

– Olhe, sinhô dotô coronel Epaminondas, não, se avexe não, visse, pode deixar que dou um jeito no meu moleque pra mode nunca mais se achegá nem perto do seu.

– Não senhor, meu moleque é bom de briga e exijo que resolvam isso agora e no braço.

Painho me beliscou com mais força ainda e não pude nem gritar de dor, tinha de ser macho. Tinha certeza de que ganharia a pendenga, pois em minhas sumidas de casa ia ter com meus amigos cangaceiros e eles me ensinaram a lutar e prever os golpes do adversário através da observação e da atenção.

Digo pro meu camarada que a luta não demorou nem cinco minutos. O filhote de lobisomem caiu desmaiado no chão e meu pai quase borrou as calças de medo da encrenca que eu havia acabado de arranjar, mas pra surpresa dele, o coronel, antes de acudir sua cria, disse ao meu pai:

– Onde esse seu tranqueira aprendeu a brigar feito galo de briga e sair vencedor?

Meu pai pigarreou...

– Seu coronel... Não deu tempo pro meu pai responder.

– Quero que seu filho ensine este maricas a brigar de verdade. Eu o quero amanhã ao raiar do dia em minha fazenda pro ensinamento e vou logo dizendo que, se ele não for, o senhor terá comigo, entendeu?

Meu pai só balançou a cabeça. Ele estava desbotado de medo e todos ao redor o olhavam penalizado diante da situação. Demorou um bom tempo pra que ele se recuperasse do pânico que sentiu e do medo das represálias. Todos, depois que o coronel já tinha partido com sua empáfia, vieram prosear com meu pai. Estavam todos penalizados, porém disseram que nada poderiam fazer pra ajudá-lo e foram se afastando um a um, sobrando somente eu e meu pai.

Fui levando tapas na cabeça e chacoalhões até chegar em casa e quando chegamos, mainha, ao ver seu estado, pensou que tivesse adoecido na ida à vila. O coitado não teve nem forças pra falar com ela e eu é quem tive de contar a situação, fingindo estar com medo, mas, como painho sempre dizia que homem não chora, adorei, não precisei mentir e fingir...

Dei uma sonora gargalhada antes de continuar.

– No raiar do dia, lá estava eu na fazenda do coronel Epaminondas e ele já à minha espera com toda a sua empáfia. Fingi estar assustado, mas na gargalhada por dentro. Seu filhote de lobisomem, nem se fala. Ele disse baixinho pra mim que eu ira apanhar todos os dias porque tinha sido apenas uma leve distração.

Comecei o aprendizado dele de mansinho...Ha! Ha! Ha! Pra ele aumentar a certeza de que era eu quem ia aprender a lutar feito galo de briga. Mas o mansinho foi só na primeira hora. O condenado terminou o treinamento em frangalhos.

Nas duas primeiras semanas de treinamento me vinguei do filhote de lobisomem. O condenado apanhava tanto que até pedia clemência, mas eu era duro com o tranqueira que já não era mais tão metido a besta.

Seu pai sempre estava fiscalizando e brigando com ele por ser moleirão e o ameaçava dizendo que se não virasse cabra de verdade, iria trabalhar no chiqueiro.

No final, depois de tantas surras, acabamos ficando amigos e confidentes, muito a contragosto do coronel.

O coitado do filhote de lobisomem quis se tornar cangaceiro também, mas morreu na primeira rinha por capangas de seu próprio painho. Penso que foi até por vingança, pois na fazenda do coronel ninguém gostava dele, mas também o cabra travava mal a todos lá, com sua arrogância desmedida.

Lembro muito bem do orgulho sentido por meu painho quando ele ficou sabendo de toda a história entre mim e Geraldinho e de minha vitória, me incentivando a ser valentão.

– Meu amigo, sua valentia quando cangaceiro era e é bem diferente desse cabra que vamos ajudar. Sua valentia era por questão de serventia a quem não tinha o pão e sofria no sertão. Valentia incompreendida, porque a ação era desmedida pra não perder a situação. Muitos tinham você no coração e, pro moleque, a lição teve serventia.

– É, mas muitos me odiavam e queriam o meu fim, tocaias é que não faltavam em minhas andanças pelo sertão, mas não me avexavam nem me intimidavam, pois a adrenalina pulsava e estratégias não faltavam. Sempre tinha um coitero metido a besta pra dar a salvação, além de minha esperteza na atuação.

Mas, vamos voltar à situação. Já andei por muitos caminhos nesta vida que estou, mas caminho igual a esse é pura assombração que me fez lembrar do meu sertão. Eita povo danado na prosa de causos de assombração em noite enluarada na beira da fogueira pra assustar o irmão. As crianças depois dos causos só queriam dormir agarradinhas com suas mães, com medo da assombração.

Aqui tá cheio de alma penada sem rumo, sem direção, parece que estão todos ensandecidos e que não enxergam um ao outro, apesar de estarem na mesma vibração.

No pensamento de cada um só vai a mesma coisa como se fosse um círculo, não tem saída da situação. O lugar é de uma escuridão só e viscoso. Precisa chegar perto pra ver um ao outro e mesmo assim se esbarram, caem, mas não se desviam nem esboçam qualquer reação.

As árvores são todas retorcidas e deixam o lugar mais assombrado. Exalam um cheiro fétido que impregna o local, ainda bem que já não preciso mais respirar e em seus galhos essas aves que lembram corujas, só que bem maiores, à espreita de um presa sendo que, de vez em quando, dão um voo rasante em cima de um errante e começam a bicá-lo, mas não há reação, continuam na caminhada sem fim. É de doer o coração.

É triste a situação!

– Seu Zé Pilintra, pode me dar uma explicação pra ver se minha conclusão é certeira?

– A que conclusão chegou?

– Penso que os cabras estão com pensamento fixo, já vieram pra cá assim e pelo que andei pesquisando em Aruanda, o jeito deles tá se tornando um mal da humanidade. O tal do pensamento fixo em alguma coisa se torna uma doença chamada depressão, que pode ser por obsessão, levando o cidadão ao isolamento do mundo e fazendo rodeios num só pensamento ou também por insatisfação da conquista não alcançada ou por não saber lidar com uma situação. As pessoas que chegam a essa situação não conseguem encontrar forças em si mesmas pra mudar o rumo, ficando cegas pro mundo. Quando está na carne se entope de remédios, ficando dopadas e reforçando o alheamento. É triste de se ver, muitos até cometem o suicídio tentando fugir da situação.

– A conclusão está certa, e esse é um dos vales dos que suicidaram por não aguentarem as pendengas da vida. Observe melhor o chão, você vai ver que há também os que estão presos nesse lodaçal, imóveis e sem reação alguma.

– Infelizmente, muitos permanecerão nessa situação por muito tempo, até que, mesmo que pequenina, uma brecha se abra para que comece o resgate deles ou de pelo menos de alguns... Lembra-se daquela nossa prosa de sintonia e vibração, dimensão? Eles não estão sozinhos, há vários grupos de resgate nesse instante tentando abrir essas brechas. Vamos pedir a Oxalá para que os grupos de resgate consigam seus intentos.

Em pensamento, fizemos uma oração pedindo a permissão e ajuda de Oxalá para que o resgate acontecesse, e uma luz brilhou à nossa frente, saindo dela um homem vestido de médico, que nos agradeceu pela oração. Foi de emocionar e, ao mesmo tempo, sentimos mais forças pro nosso intento, que também não seria nada fácil.

Continuamos nossa caminhada a pé para que fosse de grande valia, aprendizado e que eu ficasse a par da situação, pois poderíamos ter chegado ao local com a força de nosso pensamento.

Passamos também por um local, o Vale dos Esquecidos, onde um senhor de péssima aparência grudou no braço de Seu Zé Pilintra, desesperado, querendo saber quem ele era e por que estava aqui.

O homem dizia que não sabia quem era e que só queria voltar pra casa. Sua única lembrança era a de estar jantando e depois acordar neste local. Não sabia sair dali porque não sabia chegar à sua casa. Disse também que nos pagaria muito bem, mesmo sem saber como o faria.

Foi difícil se desvencilhar dele na conversa, até que Seu Zé Pilintra ergueu sua mão impondo sobre sua fronte e o homem adormeceu, e antes que eu perguntasse, foi logo dizendo que ele também teria ajuda, mas não cabia a nós:

– Neste momento, temos outra missão, não podemos perder tempo e falta pouco pra chegarmos.

– Agora lhe peço que fique em oração e eleve seu pensamento a Oxalá, pra que Ele nos provenha no que for necessário pro intento.

Quando já estávamos bem próximos e a par de toda a situação, Seu Zé Pilintra me disse:

– Zé do Cangaço, já estamos bem próximos.

– Como vamos passar pelos guardiões?

– Pra você pode ser um tanto difícil, mas lhe ajudarei, aprenda a lição. Nós vamos passar invisíveis aos olhos deles, elevando nossas vibrações e pedindo a proteção de Aruanda, pois lá tinha uma falange de Caboclos em sintonia com a gente nos auxiliando e, mais adiante, uma falange de Exus que já estavam cuidando de nossa segurança.

Nosso trabalho começa quando estivermos lá dentro no local onde se encontra o rapaz, pois lá nos tornaremos visíveis a eles e teremos de fazer uma espécie de rede protetora ao rapaz pra que as armas deles não o atinjam. Nós estaremos protegidos, não tenha medo e não se assuste. Faça o que eu lhe pedir, mas não se distraia na concentração, um deslize pode ser trágico pra ele, pois a nossa ajuda chegará instantaneamente se necessário.

– Meu amigo, acha que estou preparado pra missão?

– Eu penso que sim e você não poderá decepcionar o Caboclo Sete Encruzilhadas, que está em Aruanda nos assistindo a todo instante e confiante em você, pois se...

– Pois se... O quê?

– Paciência, espere e saberá. Agora, chega de prosa! Concentre-se!

À medida que a intensidade da concentração ia aumentando, fui me sentindo cada vez mais leve, com muita energia e confiante na minha capacidade de ajudar na missão.

Missão

Fé

Concentração

Razão

Discernimento

Atuação

Proteção
Amparo
Amor
Atenção
Pra ajudar o irmão
A sair da escuridão
E da triste situação
Na vibração
Do amor
Se conquista onde for
A tranquilidade no coração
Com a bênção do Criador.

Senti como se fosse um abraço afetuoso e, ao mesmo tempo, encorajador, me dizendo pra ter fé em Olorum, com bênção e proteção de Oxalá, que conseguiria cumprir minha parte na missão.

Quando dei por mim e abri meus olhos, já estávamos dentro de uma sala na penumbra; em poucos instantes nossa presença ali fora notada e soou um alarme estridente pra anunciar a invasão.

Notei que em minha cintura tinha uma arma parecida com uma carabina, que até então não estava ali, e rapidamente a peguei e preparei pra sacar.

Mal deu pra piscar e um grandalhão já estava quase em cima de mim, quando fiz o primeiro disparo.

Da carabina, saiu uma espécie de raio paralisante que o fez parar no ar, pois já estava dando o bote em cima de mim.

Quando olhei pro Seu Zé Pilintra, ele já estava com o rapaz nos braços e partindo em direção dele mais três grandalhões. Disparei a arma novamente e dessa vez saíram três raios paralisantes; percebi que a arma disparava conforme minha vontade diante da necessidade. Parece incrível, mas é a pura verdade.

Existem armas no astral que não dá pra se imaginar e muito menos pra se descrever estando entre os vivos. A tecnologia e a ciência aqui no astral são muito mais avançadas do que se possa imaginar e, felizmente, o homem ainda não é capaz de criar, pois o planeta Terra já estaria destruído, mas aqui no astral entre os espíritos do bem somente é usada pra se desmanchar o mal, porém espíritos do mal também têm grande conhecimento em armamento e usam pra atrapalhar o bem.

A batalha dentro dessa sala não foi tão difícil quanto a que enfrentamos fora dela...

Ao sairmos, demos de cara com um batalhão de espíritos revoltados com nossa invasão, mas nesse instante os Guardiões Exus e Mestres Catimbozeiros também estavam presentes pra nos ajudar.

Em minha cintura também havia um punhal que, quando eu desferia um golpe, era como se desse um choque violento e o camarada caía desmaiado.

Eu me senti um cangaceiro na atuação novamente, só que com uma grande diferença, a todos aqueles que eram mobilizados com nossas armas se oferecida ajuda e oportunidades de melhora se saíssem de lá com a gente.

Infelizmente, daquele batalhão de espíritos trevosos e vingativos, uma minoria aceitou ajuda e partiu conosco pra Aruanda.

Antes de encaminharmos o espírito do rapaz de volta à sua matéria inerte no leito do hospital, ele foi levado pra Aruanda pra um tratamento para dispersão de toda aquela energia impregnada e pra possível remoção de um dispositivo implantado em seu perispírito pra que se tornasse um robô, melhor forma de dizer, um robô nas mãos dos seus obsessores vingativos.

O tratamento foi feito, mas o tal dispositivo não pôde ser retirado, pois estava diretamente ligado ao seu mais terrível obsessor. O cabra também teria de ser trazido pra Aruanda pra que houvesse realmente o desligamento, e, enquanto isso, quando o rapaz acordasse, pra que não fosse novamente obsidiado e levado, teria de aprender a viver com mais fé e elevação nos pensamentos, o que talvez fosse possível, pois ele ficaria pra sempre em cima de uma cama necessitando da ajuda e do amor de sua mãe.

Durante esse tratamento, sua mãe também teve importante participação, pois quando acontecia o desprendimento de seu espírito da matéria durante o descanso do corpo, ela era levada pra Aruanda e lá tinha várias prosas com Seu Zé Pilintra que a orientava, cobrava melhor orientação pro seu filho no sentido de religá-lo em sintonia ao Criador.

Mas, voltando à rinha, fiquei admirado, curioso, arretado e avexado por ainda não ter o conhecimento necessário pra tal, mas ao mesmo tempo, como cabra danado que sou, não me dei por vencido e na lida do aprendizado aqui estou e sempre estarei.

Fiquei admirado com a ligeireza, serenidade e sabedoria na atuação dos que estavam comigo, tudo sem afobação e com grande precisão.

O mar de destruição sem ferir um irmão perdido na escuridão, dando apenas a paralisação e tempo pra reflexão e alternativas de mudança na atuação. Que beleza, então! A sabedoria dos que estão na lida em Aruanda pra ajudar um irmão!

Mestres catimbozeiros

Usando o feitiço pra salvação

Forças que a natureza oferece, então!

Elementos de grande atuação.

Exus na segurança da situação

Com destreza e percepção

União na força e na ação

Cangaceiro na vibração

Sem temor na atuação

Valentia adianta não

O que vale é a sabedoria e preparação

Pra ter a garantia

De livrar um irmão

De determinada situação

De acordo com seu quinhão

E necessidade diante da Criação.

O rapaz saiu do coma em que se encontrava, mas a vegetação em um leito iria continuar e, graças a Oxalá, com nova visão e arrependimento de sua atuação e consciente de sua nova situação.

Aos poucos, foi recobrando a lembrança com serenidade, sendo ajudado pelo amor de sua mãe que se dedicou com firmeza e, o mais importante, com a elevação de pensamentos a Olorum com as bênçãos de Oxalá e, quem sabe, com resignação. Depois de um tempo, talvez, o cabra possa até começar uma vida normal, se assim for pra Olorum e merecimento dele.

Depois de toda essa situação resolvida, o Caboclo Sete Encruzilhadas foi ter comigo e fiquei na apreensão, não sabia qual seria a prosa.

– Seu Zé do Cangaço, todos que estão em Aruanda têm sua observação e estão em contínuo aprendizado diante do avanço das necessidades... De forma simples, pra lhe dizer, todos fazem parte de falanges de acordo com a atuação, sendo comandados e orientados por um Guia-chefe encabeçando a falange na vibração de um Orixá, e essas falanges se subdividem. Ninguém fica à revelia e nada passa despercebido.

– Aqui em Aruanda, tudo é organizado conforme a necessidade do intento, e dentro da vibração de cada Orixá acontece a união, como você mesmo pode observar nesse salvamento do rapaz. Caboclos, Exus e Mestres Catimbozeiros, etc. na atuação pro mesmo fim. Cada um tem sua sabedoria e utilização dos elementos da natureza. Com a agregação se ganha força e bênçãos.

Lembre-se, nada é à revelia, sempre com a permissão de Oxalá em sintonia com os Orixás.

Você já deu provas de sua intenção na atuação Umbanda, de sua força, fé, vontade, sabedoria e busca de entendimento e conhecimento. Sei o que você pode conseguir aqui em Aruanda desde que lhe trouxe pra cá. Agora... É na prática, no preparo e na dedicação que vai mostrar realmente sua força.

Aruanda está aberta a você e, pra que isso aconteça, ainda tem muito o que aprender. Está disposto a isso?

Cabra-macho não chora, mas a felicidade foi tão intensa que escorregou água de meus olhos, como se tivesse ainda na carne.

– Estou disposto sim e tu sabe bem o que vai em meu pensar. Vou ser cangaceiro em meu atuar, pro bem levar e o mal retirar. Sou cabra arretado que não desiste de uma pendenga por mais difícil que ela seja. Não tenho medo de enfrentamento na escuridão, pois em meu ser brilham a luz e a vontade de ajudar o irmão. Sabedoria vou em busca, então. Vou ser um aluno dedicado na situação, pra caminhar neste mundão e ajudar na salvação.

– Você vai ter ensinamento com os Mestres Catimbozeiros, Juremeiros com apadrinhamento de Seu Zé Pilintra que vai ficar na sua cola e na sua escola.

– Melhor companhia não posso ter! É meu irmão, meu camarada e vamos ficar juntos nessa caminhada.

– Agora segue firme e em frente! Estarei sempre em seu auxílio.

Falando isso, o Caboclo Sete Encruzilhadas sumiu de minha visão, então!

Capítulo VIII

Doce Acalento

Olhei o firmamento

Firmando o pensamento

Pedi a Oxalá...

Discernimento

Em resposta do firmamento

Recebi acalento

Um abraço

Certeiro

Flecheiro

Que fez vibrar

O meu ser inteiro

Abençoando meu intento

De ser verdadeiro

Na busca da flecha certeira

Que eleva ao Criador

O sentimento

Empreendedor

Sem temor

Ao que está ao meu dispor

Que eu abraço

Com todo amor

Pra poder mostrar o valor

Com minha parcela

Pra aquele que vela

A criação

Ao Criador

Pois sem união

Não há valor

Na caminhada de ação

Neste mundo de tribulação

Onde o irmão

Em desespero da situação

Pede com clamor

A paz no coração

Com a fé no meu Senhor

Cangaceiro eu sou

Cangaceiro eu serei

Zé do Cangaço

Me apresento ao seu dispor

Pra onde quer que for

Desde que seja

Pro bem caminhar

Bem pensar

Bem sentir

Bem atuar

Bem partilhar

Bem desejar

Bem conquistar

Em Aruanda estou a caminhar

Pro irmão ajudar.

Salve a força dos Mestres Catimbozeiros!

Salve a força dos Mestres Juremeiros!

Salve a força dos Baianos!

Salve a força dos Cangaceirios!

Salve Aruanda!

Que toca a sua banda pro povo ajudar!

Salve Seu Zé Pilintra!

Salve todo povo de Aruanda!

Cangaceiro eu sou!

Cangaceiro eu serei!

Zé do Cangaço

MADRAS® Editora

Para mais informações sobre a Madras Editora,
sua história no mercado editorial
e seu catálogo de títulos publicados:

Entre e cadastre-se no site:

www.madras.com.br

Para mensagens, parcerias, sugestões e dúvidas, mande-nos um e-mail:

marketing@madras.com.br

SAIBA MAIS

Saiba mais sobre nossos lançamentos,
autores e eventos seguindo-nos no facebook e twitter:

@madrased

/madraseditora